晩秋の陰画《ネガフイルム》

山本一力

祥伝社文庫

晩秋の陰画《ネガフィルム》　目次

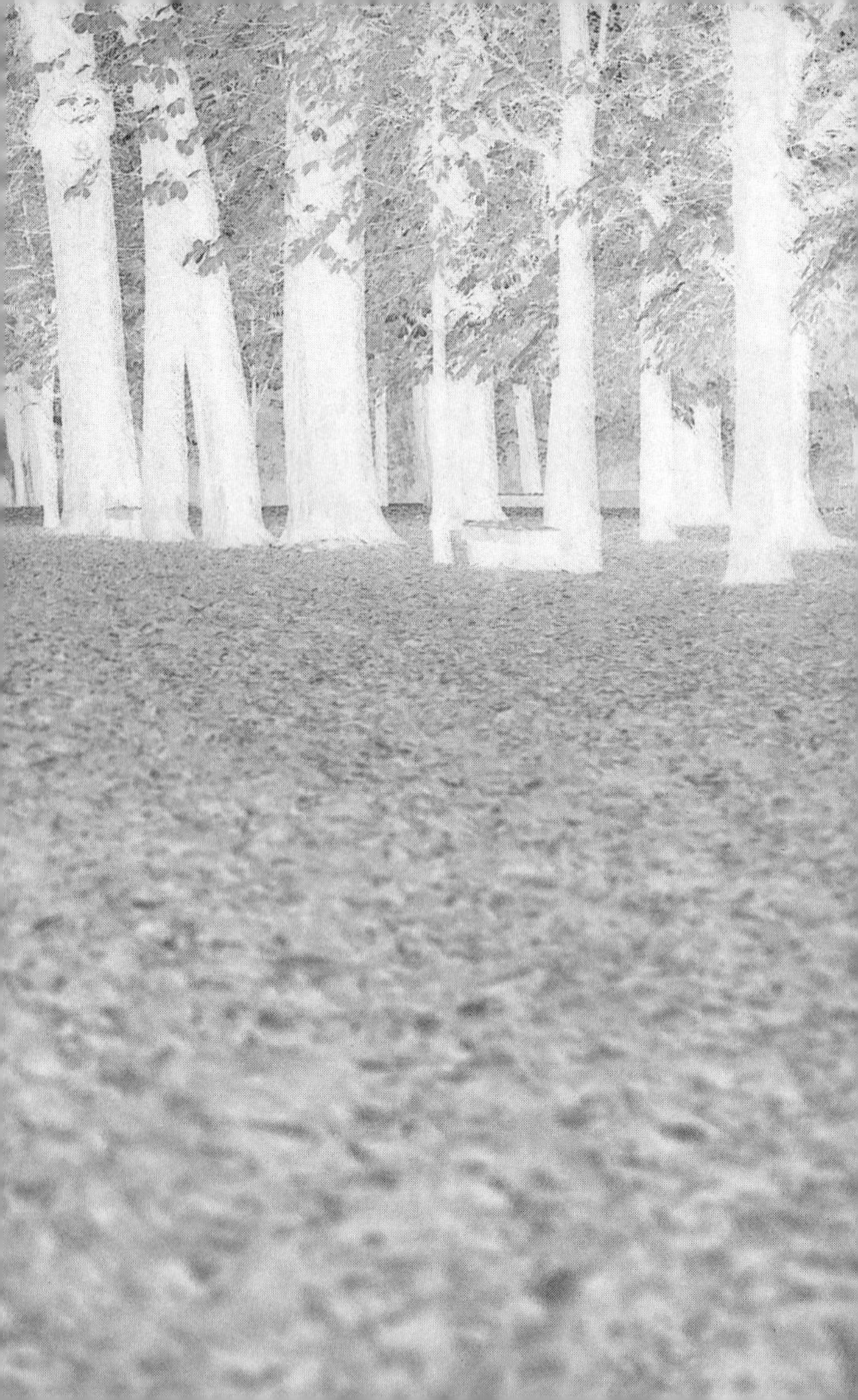

晩秋の陰画《ネガフィルム》

小雨《こさめ》模様の午後、チャイムが鳴った。

マンションの玄関のオートロックを解《と》いてほしいと報《しら》せる鳴り方である。書籍の装丁《そうてい》デザイナーという仕事柄、日に何度も出版社などから荷物が届く。宅配便配達のチャイムが鳴るのもパッケージが届くのも、めずらしいことではなかった。

仕事場と住まいが一緒の部屋で、見晴らしのよさが欲しくて16階に決めた。配達員が真《ま》っ直《す》ぐエレベーターに乗ったとしても、16階に来るには1～2分はかかる。

椅子《いす》に座ったまま伸びをして窓の外を見た。

羽振《はぶ》りのいいIT関連会社の本社ビルが目の前だ。1千坪《つぼ》超の庭には、桜と落葉樹が植えられている。

春は桜、夏は青葉、晩秋は葉の色づいた木々が借景《しゃっけい》で楽しめた。

今年は夏がいつまでも長引いた。11月初旬のいまでも、葉の多くは緑色でまだ達者だ。

紅葉はいつだろうと考えていたとき、部屋のチャイムが鳴った。受け取りにドアに向かったら、飼い猫のミャオがついてきた。

配達員は荷物が濡《ぬ》れないように厚手のビニールをかぶせてくれていた。

「いつもていねいに、ありがとう」

心遣いに礼を言って受け取った。

差出人は見覚えのない女性名だったが、受取人欄には仕事場の住所も電話番号も正しく書かれている。持ち重りのする品名は「印刷物」だった。

見知らぬ差出人だが奇異《きい》にも思わず、作業台に置いて包み紙を解《と》いた。

出てきた印刷物は、形も厚みも百科事典をさらにひと回り大きくしたサイズだ。

手にした重みもまさに事典1巻分ほどである。

昨夜から徹夜で制作したビジネス書の装丁が、満足できる仕上がりとなったばかりだ。

張り続けてきた気を緩《ゆる》めて、コーヒーでもと考えていた矢先である。

ポットのスイッチを入れて作業台に戻り、分厚い表紙の印刷物を手に持ち直した。

ラムの革を厚紙にかぶせた装丁の、大型で豪華な日記帳《ダイアリー》だ。

黒革張りの表紙上部には金箔《きんぱく》で『2013』と年号が押されている。深紅《しんく》の背にも同じように金色の年号が箔押しされていた。

文房具には詳しいと自負していたが、このダイアリーは知らなかった。

表紙を見ただけでは分からなかったが、深紅の背表紙は革に幾《いく》つもしわがあった。

明らかに使っていた品である。

もう一度、差出人を見直した。

東京都新宿《しんじゅく》区余丁町《よちょうまち》、名は高田由香理《たかだゆかり》だ。

編集者、コピーライター、イラストレーターなど、若い女性がここには何人も出入りしている。が、差出人には覚えがなかった。

知らない人物が送ってきた日記帳。それも使用した形跡が明らかなダイアリーなど、開く気になれなかった。

さりとて捨てるのもはばかられた。

とりあえずだと自分に言い聞かせて、重厚な作りの表紙をめくった。

『Southworth Daily Diary』と印刷された扉ページには上質パルプの紙が使われている。質の良さに感心しつつ、扉をめくった。

巻頭から16ページ分は、AからZまでの住所録だった。

1ページ38行の罫線《けいせん》が印刷されているが、どのページも未使用だった。

住所録の次のページから日記部分が始まった。

大型日記帳は一日につき1ページの作りで、初ページはもちろん元日だ。

記載部分をひと目見ただけで声が漏《も》れた。

作業台の隅《すみ》に座っていたミャオが、声に驚いて飛び下りた。

『元旦　晴。今年からは銀座《ぎんざ》で見つけたこの日記帳を使うことに決めた。これと同じ品を10年も使えば、書棚に個人史ができますと、店員に勧められた。来年は還暦《かんれき》だ。自分に残された時間、日々を正しく書き留めておくには、最良の日記帳となるに違いない』

細字のロットリング（製図用ペン）で、活字のような文字が書かれていた。

だれが書いたものかは明らかだ。

交通事故死をした叔父《おじ》の日記帳が、納骨も終わったころに宅配便で届けられてきた。

1

父と叔父とは4歳違いだ。同じ時代を生きてきたはずなのに、性格も生き方もまるで違っていた。

父は定年まで電機メーカーに勤めた。

「うちの製品には面白みが欠けてきた」

「うちは宣伝が下手になった」

新聞やテレビで広告を見るたびに、いつまでも「うち」と呼んでいた。そう呼ぶことで、人生のすべてだった会社との関わりが切れずに保てていると思いたかったのだろう。

畳《たたみ》に広げた新聞紙の上で、足の爪《つめ》をプチッと切る。飛び散った爪を拾いながら、背中を丸めて「うちの……」とつぶやいた。

「いい加減にうちと言うのをやめなよ」

いつだったか、強い口調で文句を言ったことがあった。

一瞬、親父《おやじ》は息を吞《の》んだような表情を見せた。そして哀しさと怒りがまぜこぜになったような目を見せたあと、静かに立ち上がった。

親父と真逆の生き方が叔父である。

グラフィック・デザイン界の大御所で、名は高倉尚平《たかくらしようへい》という。

身長は180センチで痩身銀髪《そうしんぎんぱつ》。

三十代の半ばで独立し、築地《つきじ》にデザイン事務所を構えた。

四十代に制作したポスターや雑誌広告は、次々に賞を獲得。

名の通った企業から制作依頼がひっきりなしに舞い込んでいた。

「あいにくですが、考え方が違う」

気の合わない企業や代理店の仕事は、高額の制作料を提示されても断った。

この姿勢は独立当初からである。

事務所を始めたころは苦戦したようだ。

「うちの宣伝部を紹介してやろう」

弟の窮状《きゆうじよう》を察した父がこう言っても、きっぱりと断った。

「兄貴の会社じゃあ、おれの作りたい広告ができないから」と。

高卒後、わたしは迷わずデザイン専門学校に進んだ。叔父のように芸大進学の能力はなかったが、なんとしてもデザイナーになりたかったからだ。

父親譲りの骨太・短足で170センチに満たないわたしは、叔父の生き方に強烈な憧《あこが》れを抱いてきた。

実習制作した初のポスターを見せたくて、築地の事務所に持ち込んだことがあった。

「色使いがなってない」

口調には容赦《ようしや》がなかった。

「ポスターだから目立つことは大事だが、これは卑《いや》しい。赤をパステル調に変えて、コピーの書体は明朝《みんちよう》を使ってみろ」

言われた夜、徹夜で制作し直して提出した。

「あの高倉さんがディレクションしたのか」

叔父の名を出したら、講師には飛び上がって驚かれた。

4年で卒業したあとは、叔父の事務所に就職した。アシスタント志望者をすべて断っていた叔父が、すんなり受け入れたのだ。

「血のつながりには勝てない」

周りから散々に羨《うらや》ましがられた。

叔父の事務所に勤めることを、親父も心底喜んだ。

「息子がモノになるかどうか、おれには分からんが……宜《よろ》しく頼む」

勤め始めた年の夏、我が家まで出向いてきてくれた叔父に、親父はビールを注《つ》いで頭を下げた。

「本気で俊介《しゅんすけ》を仕込む。甘くはしない」

親父に言い切った通り、仕事に対する叔父の姿勢は厳格だった。

何事によらず負い目を持つことを嫌った。

仕上がりに一切《いっさい》の妥協《だきょう》をせず何度でも作り直したのに、納期は厳守した。

「交《か》わした約束は何としても守れ。守れない約束はするな。自分の都合で約束を破れば、謝罪から交渉を始める羽目《はめ》になる」

時間が足りないときの叔父は、幾晩《いくばん》でも徹夜をした。わたしも付き合わされた。

事務所から歩いて5分の場所に築地市場がある。明け方三時には、築地場内の喫茶店が営業を始めていた。

「ここのコーヒーには夜明けが似合う」

分厚いコーヒーカップに注《そそ》がれた、舌が火傷《やけど》しそうに熱いコーヒー。

幾たび叔父と飲んだことか。

＊

「いい加減にうちと言うのをやめなよ」

わたしがこれを言ったのは一昨年の夏だ。同じ年の秋、父は心筋梗塞《しんきんこうそく》で他界した。享年《きようねん》61。退職翌年のことである。

そのとき叔父は57歳、わたしは32歳で、事務所に勤め始めて10年が過ぎていた。

考えもなしに口に出した言葉が、親父の心臓を傷《いた》めたのだといまでも悔《く》やんでいる。

喪主《もしゆ》は母だったが、突然の死にうろたえてなにもできなかった。葬儀は叔父がすべてを取り仕切ってくれた。

父が「うち」と言い続けた会社からは、定形文の弔電《ちようでん》と生花が届いた。

参列してくれたのは、親父と同時期に定年退職した仲間だけ。

会葬者の限られた告別式となった。

わたしが高校・専門学校と通った7年間、父は本社勤務で大阪《おおさか》に単身赴任《ふにん》していた。

月に二度、着替えや身の回りのものを一杯に詰《つ》めて帰ってくるのが決まりだった。家で過ごすのは週末の二日だけだ。

限られた時間の中で、親父は家庭の空気を貪《むさぼ》るように吸い込んでいた。学費の大半を父に頼っていたのに、当時のわたしは父の姿に情けなさすら感じたりもした。

同じ独り暮らしでも、親父と叔父とはまるで違う……いつもふたりを比べていた。

遺骨になって戻ってきた夜、叔父とふたりで親父の想い出話をした。

「夏の夜、ここで兄貴とおまえと3人でビールを飲んだことがあっただろう?」

宜しく頼むと親父が頭を下げた夜のことだ。

「あのとき兄貴が言った、家庭はいいぞがおれへの遺言みたいになったが……」

いまさら結婚する気はないと、叔父は遺骨の前でつぶやいた。

父の葬儀を終えた翌日の昼、叔父と連れ立って鮨《すし》を食いに出た。馴染《なじ》みの店に入ると、叔父はめずらしく個室を頼んだ。

湯気の立つ茶を喉《のど》を鳴らして飲んだあと、ひと息あけてから叔父は口を開いた。

「おれは引退する。事務所もクライアントも、すべておまえに譲る」

「えっ……」

手に持った湯呑みを落としそうになった。

「なにを言い出すんですか」

わたしの声はかすれていた。

「兄貴の葬式で決めた。おれはまだ、やりたいことが幾つもある。身体《からだ》が元気なうちに全部やる」

叔父はいつになく早口で話を続けた。

「制作しながらでは半端《はんぱ》になる。身体もきついし、クライアントにも迷惑をかける」

ズズッ。

ひときわ大きな音で茶をすすった。

「引退すれば時間を好きに使える」

叔父はすでに決めていた。

翌日から引き受けていた制作をすべてこなすのに、二十八日を要した。

1点たりとも納期に遅れることなく、どの仕事もクライアントから絶賛された。

納品すべてが終わった翌日、叔父は愛用のロットリングをバッグに収めて事務所を出た。

一度も振り返らなかった叔父の後ろ姿を見つつ、親父を思い出していた。

定年後、所在なげに足の爪を切る親父の背中を何度も見てきた。

丸くなった背は、なんとか会社とつながっていたいともがいて、いるように見えた。

叔父は前だけを見ていた。

「免許を取り直して、知らない土地を好きなだけドライブすることに決めた」

引退を宣言したあとは、事務所の経営方針や仕事内容に一切口を挟《はさ》まなかった。

5年前に叔父は『グラフィックデザイン大事典』を出版社と共同制作した。全6巻の事典は、デザイナー必携という評価を得ていた。

いまでも着実に売れており、この印税が引退後の小遣いとなっていた。

叔父がドライブに出るたびに、事務所には得体の知れない小物や大物が増えた。

今年の2月に築地から深川《ふかがわ》に事務所を移した。そして本の装丁も始めた。

いま、深川の事務所の入口にはタヌキの焼き物が立っている。

菅笠《すげがさ》を首にかけ、左手に徳利《とっくり》、右手に通い帳を持った2メートルもある大タヌキだ。

これも叔父のみやげ物である。

全国縦断ドライブは去年10月まで続いた。

「今度はバイクだ、俊介」

木枯《こが》らしが吹き始めた去年の12月、叔父は突如バイクに凝《こ》り始めた。58歳の真冬に。

「若いやつらを見直したよ。教習所に来るのは若者ばかりだが、年長者に対しての礼儀ができている」

なにもこんな厳冬期にと思ったが、目的を持ったときの叔父は猛進する。

新年早々、普通二輪免許を取得した。

「バイクの究極は大型だ。試験場でチャレンジするぞ」

いつかは大型と言い出すだろうとは思っていたが、まさか桜の咲く前に言い出すとは！

「鮫洲《さめず》の試験場ですっかり顔になった。おれが課題コースをクリアしたら、若い連中が手を叩《たた》いて応援してくれた」

叔父は8回目で合格した。

「どんな広告賞を獲《と》ったときよりも興奮した」

叔父は頰《ほお》を朱《しゅ》に染めて話した。

「運転が巧《うま》いから免許を渡すわけじゃないと試験官は言ったが、なにを言われても誉《ほ》め言葉にしか聞こえない」

合格した夜、いつもの鮨屋で祝杯を挙げた。

「見てみろ、ここを」

叔父の免許証には「大自二」（大型自動二輪）が加わっていた。

「この『大自二』が値打ちだ」

声を弾《はず》ませた叔父だったのに……。

半年も経《た》たぬうちに、第三京浜港北《だいさんけいひんこうほく》ＩＣ付近の緩いカーブで、フェンスに激突して死亡した。

「ブレーキ痕《こん》がまったくない。覚悟のうえで突っ込んだようにも見える」

現場検証の高速交通機動隊から、こんな所見を聞かされた。

あの叔父が自殺なんかするはずがない。

事故を起こす前の1カ月ほどは、落ち込んだり、考え込んでいたりする姿も見た。

が、叔父に一番似合わないのが自殺だ。

結婚していない叔父である。もっとも近い親族はわたしだった。

喪主を務めざるを得なかった。

親父と叔父の葬儀を3年の内に続けて出してしまい、しばらく仕事に手がつかなかった。

昨夜の徹夜制作には、そんな自分を吹っ切る意味もあった。久しぶりの徹夜で、やっと身体も仕事のリズムを取り戻せていた。

知らぬ女性から叔父の日記帳が送られてきたのは、そんな矢先の午後だった。

差出人に電話してみたが、だれも出ない。

日記帳に目を落としたものの、叔父の日記を読むのは怖かった。

元旦の記述の一部を、読む気もなく目にしてしまった。それを悔いていた。

日記帳には叔父の秘密が詰め込まれているはずだ。勝手にずかずかと読み進められる代《しろ》物《もの》ではなかった。

この日記帳を送ってきた女性と連絡を取るのが先だと考えた。分厚い日記帳は書棚のデザイン年鑑の隣に立てかけた。

甘えた声を発してミャオが擦《す》り寄ってきた。

腹が減ったのだろう。キャットフードの缶を開け、素焼きの鉢《はち》に盛った。

ミャオのわきに屈むと書棚が見えた。

深紅の背表紙に押された2013の金箔文字が、凄《すさ》まじい存在感で迫ってきた。

我慢できなくなり、再び日記帳を書棚から取り出した。慌《あわ》てて引き出したので、棚に置いてあった真っ赤なダルマが転《ころ》がり落ちた。

職人が遊び半分にあかんべえの顔を描いた非売品だ。

このダルマも叔父のみやげ物だった。

床であかんべえをしているのは叔父ではないかと、不意に思えた。

よし、日記を開こう。

叔父がなにかを言いたいのかもしれないからとも思えた。

さきほどとは逆に、記載の最終ページから開くことにした。

今日は2013年11月23日(土)。

叔父が事故を起こしたのは先月、10月8日の火曜日だった。

ページをパラパラとめくり、最後の記載日を探した。

『十月八日、火曜日、晴』

書いたその日に、死亡事故を起こしていた。

2

『十月八日、火曜日、晴』

この記述を見たとき、わけもなくうろたえてしまい、慌てて日記帳を閉じた。

煙草《たばこ》を吸っても味がしない。ふた口も吸うと灰皿の縁《ふち》で揉《も》み消した。その直後に、また次の1本に手を伸ばす始末である。

深呼吸を続け、落ち着いて物事を考えられるように努めた。

叔父は最期の日の日記を書いたあと、遺書とも思える日記帳を高田由香理という女性に託《たく》していた。

謎《なぞ》に満ちた事故死解明につながる鍵が、日記に書かれているかもしれない。

そこまでは考えたものの、徹夜明けの状態では日記を読むのはきつかった。

コーヒーを飲んで気分を変えよう……そう考え直して腰を上げた。

が、すぐに後悔した。

徹夜仕事でインスタント・コーヒーを飲み干していた。いま手元に残っているのは、豆と陶器《とうき》のドリッパーだ。

叔父が岡山《おかやま》の田舎《いなか》で買ってきた小さな石臼《いしうす》で、豆を挽《ひ》いて淹《い》れたコーヒー。

叔父を思い出す石臼がいやで、インスタントを飲んでいたのに……。

いまさら後悔しても始まらない。豆を挽き、ポットの湯をドリッパーに注いだ。

フィルターのなかで、挽かれた豆がじわじわ膨《ふく》らんだ。が、香りが薄い。

叔父が事故死する直前の豆だった。

コーヒーは出来上がったが、すぐには飲まなかった。

頭をすっきりさせるには、まず動くことだ。吸い殻《がら》が山になった灰皿をきれいにした。

作業台も片付けた。

部屋がきれいになったところで、マグカップにコーヒーを注いだ。

古い豆でも見た目に美味《うま》そうな琥珀《こはく》色だ。

ひと口すすり、さあ読むぞと声に出してから椅子に座った。

いつの記述から読み始めればいいのか？

このことで、また戸惑いを覚えた。

元日から順に読み進めるのは、いささかつらい。知らなくてもいい叔父の秘密など、目にはしたくなかった。

最終日の『十月八日』から、ページを遡《さかのぼ》ってみれば？

これは妥当な案に思えた。

もしも叔父の事故が故意だったならば、遡る途中で鍵が摑《つか》めるかもしれない。

もう一度、10月8日を開いた。

日記帳の左ページで、右の10月9日は当然ながらなにも書かれていない。

最期の日となった10月8日の記述は読まず、書かれた行数を数えた。

14行。

ことによると叔父の遺書かもしれない文章量である。

1ページ当たり38行だ。行数はすでに確かめ済みだった。

叔父は毎日、どれだけの行数を書いていたのだろうか？

浮かんだ疑問を確かめたくて、全体をパラパラめくってみた。

どのページも細かな活字体で書かれているが、文章量はばらついている。幾日も最終行まで埋まっていたかと思えば、半分以上の余白が続いたりもしていた。

8月31日と9月1日の見開きページにはメモが挟まっていた。

黄色の大判ポストイットに「ここから」と活字体で書かれていた。

誤って挟んだメモではない。これは叔父の指示だとすぐに察しがついた。

仕事中、何度もこのメモパッドで指示を受けてきたからだ。

いつの間にか、窓の外が暗くなっていた。借景の庭の隅にはデジタル時計が設置されている。昼休みに庭でくつろぐ社員に、時刻を報せるためだろう。

17時47分を示していた。

もしや帰宅していればと思い、また高田由香理さんに電話をかけた。携帯の番号ではなく、固定電話の番号が記載されていた。

20回コールしたがだれも出ない。留守番電話にもならなかった。

彼女から事情を聞くのはとりあえず諦《あきら》めて、日記を読むことにした。

8月31日と9月1日が見開きになったままである。

見詰めている内に違和感を覚えた。が、なぜなのか、わけが分からない。

記述内容は読まずにページをめくった。

9月2日と3日の見開きだが、やはりなにか違うという気がした。

さらに4日と5日の見開きページを開き、手前の四日分と見比べた。

そういうことか！

違和感のわけがやっと分かった。

8月31日から9月3日までの4ページは、同じ日に一気に書かれていた。

他の日は元日の記述同様、ロットリングを使って細かな活字体で書かれていた。

念のために四日間を除く全ページを確かめたが、間違いはなかった。

ロットリングは線の太さ別に、何種類も用意されている。例の四日間以外は、どの日も線の太さが前日分とは違っていた。

『ここから』のメモを挟んだあとの四日間、叔父はまとめて書いていた。

だとすれば、書いたのは当然ながら4ページ目の9月3日だ。

なぜ四日分を同時に？

新たな疑問を抱いたが、読まない限り答えは得られない。

とりあえず8月31日から9月3日までの四日分を読むことにした。

＊

『八月三十一日、土曜日、晴』

書くのもおぞましいが、何年か後に振り返った時の記録と考えて敢《あ》えて記す。

Kの大切な女性Mと、許されざる関係を結んでしまった。Kにはどれほど大切な女性か充分に分かっていたのに、何たることだ。

きっかけがどちらにあったかは分からない。だが、関係を持ってしまった。

四十数年のKとの交誼《こうぎ》もこれまでか。

＊

『九月一日、日曜日、晴。夕刻から雷雨』

午後から銀座RでMと食事。

おれとMとの関係をKは気づいているはずだ。いや、絶対に気づいている。

銀座のどこかで、ことによるとこのRの外で、おれとMとを見張っていたかもしれぬ。

食事をしながら凄まじい夕立を見た。

Kはあの豪雨に打たれながら、ふたりを見張っていたのではないか。

それを思うと気が滅入《めい》る。

これで五日もKと話ができていない。どんな気分でいるのか。

＊

『九月二日、月曜日、晴時々雷雨』

今日はMが関西ロケで東京にはいない。

何も言ってこないKの様子が気になるが、こちらからあいつと話ができない。

諦めたのか？　いや、違う。簡単に諦められる程度の女性ではないはずだ。

おれとMの関係に気づいているに違いないのに。あいつの沈黙が不気味だ。

＊

『九月三日、火曜日、薄曇《うすぐもり》』

Mが予定通りの便で夕刻羽田《はねだ》に戻ってきた。嬉《うれ》しそうに抱きついてきたM。

Kが見張ってはいないかと気懸《きが》かりで、到着ロビーを見て回った。

Kの姿、発見できず。しかしMを待っている間、気持ちは落ち着かなかった。

＊

わずか四日分しか読んでいないのに、作業台にはホープの空箱が転がっていた。

四日分をまとめて書いた理由が分かった。こんな中身を毎日書き綴《つづ》るなど、できることではないだろう。

四日分を読み終えて、ひとつ大きな謎が解けた。

Kとは叔父の唯一無二《ゆいいつむに》の親友、小柳《こやなぎ》さんのことだ。

「昨日の志《し》ん朝《ちよう》、おまえ見たか……いやあ、うまい。とにかく女が色っぽい」

事務所に居たころの叔父は、小柳さんの出社を待ちかねるようにして、朝の9時過ぎには電話をかけていた。

映画・小説・落語・音楽……。

ふたりの個性はまるで違うのに、価値観や好き嫌いは一致していた。それは電話で話す叔父を見ているだけで分かった。

小柳さんは170センチほどで肉づきはいい。女性を得意とするカメラマンで、柔和《にゆうわ》な澄んだ目と、響きのいい声を持つ男だ。

ふたりは中学の同級生で、高校からは別の道を歩んだ。

叔父はグラフィック・デザイン、小柳さんは写真を専攻し、社会に出てから再び接点を持った。

独立して事務所を構えたのは、小柳さんの方が2年早かったそうだ。

小柳さんのような「親友」と呼べる相手は、わたしにはいない。

叔父と小柳さんの親密ぶりを、いつも羨ましく思って見ていた。

ところが小柳さんは、叔父の通夜《つや》にも告別式にも顔を出されなかった。

あまりに衝撃と哀しみが深くて、顔を出す気にもなれないのだろうと、わたしは勝手に察しをつけていた。

まさか叔父との間に、こんな事情が隠されていたとは。

Mという女性には心当たりがなかった。

叔父が付き合ってきた女性は、ほとんど紹介されてきた。

Mのイニシャルは記憶になかった。

こんなわけのある女性では、いかに叔父でもわたしに紹介はできなかった……こう考えたとき、あることを思い出した。

今年の6月、ふたりで事務所でナイター中継を見ていたときだ。

「このひとをどう思う?」

画面には化粧品のCMが流れていた。叔父の問いはCMの女性を指してのものだった。

「別にどうってことないけど、なんで?」

叔父は言葉を濁《にご》して答えず、すぐに話題を変えた。和服の女性だったと思うが、名は思い出せなかった。

それにつけても。

小柳さんとMさんとは、どんな間柄なのだろうか?

小柳さんは奥さんと死別したと、何年も前に叔父から聞かされていた。

「小柳のやつ、奥さんが亡くなって8年になるというのに」

こどもに遠慮などせずに、早く再婚相手を見つけてほしい。男やもめのままでは、女を撮る仕事に障《さわ》りが生ずる……叔父は本気で親友の行く末を案じていた。

あんなに心配していた親友の大切な女性を、叔父は横取りしたのか。

煙草を持つのも重たく感じるほどに、身体から力が抜けていた。

だが、ここで止めるわけにはいかない。わたしはすでに函のふたを開けたのだ。

読むのはきついが日記に戻った。

＊

『九月四日、水曜日、晴』

今日はKもMも忘れて、東名《とうめい》日本平《にほんだいら》までツーリングを楽しんできた。このままMと接触しなければMはKのもとに戻り、KはおれとMを赦《ゆる》してくれるだろうか。

そう願いながら走っているときに、おれはKではなくMを想っていた。

四十年来の友よりも女の方がいいのか。

おいっ、高倉尚平！

＊

おいっ……からは書き殴った字で、ロットリングが赤のマーカーに変わっていた。

わたしが思い描く叔父と、日記のなかの高倉尚平とはどうしても重ならない。戸惑いながら隣のページに目を移した。

＊

『九月五日、木曜日、晴』

今日も一日、Mを想いながら午後まで家でぐずぐずと過ごした。Mからの電話を待っていたのだ。こちらから電話すれば済むことだが、Kの顔が頭に浮かび、かけるのを思い止《とど》まった。夕刻、気晴らしに俊介の事務所に顔を出した。携帯電話を持たないおれだ、街を歩いているときはめっきり少なくなった公衆電話を目で探していた。

Kと話したいが、なにを話せばいい。

電話など、かけられた義理か。

俊介に会って少し気が晴れた。築地で鮨を摘《つま》んだ。極上の鯖《さば》が美味なり。

＊

あの日のことなら覚えている。

「高倉さん、鯖がいいですよ」

勧められた叔父は、立て続けに鯖ばかり食べた。いま思うと、あの夜の叔父は妙に落ち着かず、鮨屋の電話を気にしていた。

＊

『九月六日、金曜日、晴』

厳しい残暑。海が見たくなり湘南《しようなん》に行った。腰越《こしごえ》の浜もウイークデーゆえか、まばらな人影。ゆっくり考えるには最適の舞台だった。

帰途は朝比奈《あさひな》から横横《よこよこ》に入り、山下町《やましたちよう》で降りた。南京町《なんきんまち》で中華料理と思ったが、ひとり客の扱い悪し。

何も食わず、ベイブリッジ経由で帰宅。首都高の渋滞もバイクですり抜けた。

M、Kいずれとも接触せず。

＊

『九月七日、土曜日、晴』

夕刻、例によって銀座RでMと食事。その後、赤坂《あかさか》のホテルで過ごす。

芸のないパターンだ。こんな決まりきったルートなら、Kの尾行はかわせないぞ。

分かっていても、もはや止められない。

これほどまでに女性に執着する自分がいたのかと、思い知るのはつらい。

さりとてMへの未練、断ち難し。

＊

Mという女性に、親友との絆《きずな》を断ち切らせるほどの価値が、魔力があるのか。悩む叔父の記述を読み進むにつけ、Mなる女性への怒りを覚えた。

気になることも新たに生じた。

あの温厚に見えていた小柳さんが、叔父とMさんを見張ったり、尾行したりしていたのかということが気になった。

八日分の記述のなかに、尾行する小柳さんが三度も出てきた。

還暦も近い男たちが、しかも四十年来の親友が、ひとりの女のことで友を尾行したり、相手を裏切ったりしていたとは……。

やるせなくて、吸いかけの煙草を灰皿で潰した。

目を窓の外に向けると、庭のデジタル時計が20時を示しているのが見えた。

他人の日記を読むことに、身体の芯《しん》から疲れを感じていた。

一休みしなければ、徹夜明けの身体がもたなくなる。

わたしは和美《かずみ》の携帯電話を呼んだ。

「電源が入っていないのでつながりません」

即座に無機質な声の応答となった。

今日はどこにも出かけず、電話を待ってると言ったじゃないか……読んだ日記に影響されたのか、強い苛立《いらだ》ちを抱え持った。

つまらないことを考えるなと、自分を戒《いまし》めた。身体に大きな伸びをくれて、気分を変えてから日記のページをめくった。

＊

『九月八日、日曜日、晴』

おれは決めた。

KもMも、暫《しばら》くは日記に書くことをやめる。書けば書くほど、自分が情けない人間に成り下がるからだ。

おれがやっていることは下司《げす》だが、それを毎日書き留《とど》めるのはもうよそう。

これがおれの個人史では、余りに情けない。

＊

先の数ページをめくってみた。

叔父が宣言した通りで、日記からKもMも姿を消していた。

3

築地から移転した深川の事務所は、24階建てのマンション16階にある。20畳の四角いリビングにキッチン、バス、納戸《なんど》という造りだ。

何杯コーヒーを飲んでも煙草を吸っても、重たい気分は軽くはならなかった。徹夜の疲れが身体の深いところに居座っているのだろう。

それに加えて、いきなり突きつけられた、叔父が隠し持ってきた秘密の数々。親友を裏切り、友の大事な女性を奪い取ったというのだ。信じてきた叔父の非道な所業。その暴露を押しつけられるのは、徹夜明けのわたしにはきつ過ぎた。

コーヒーも煙草も、気分転換には何の役にも立たなかった。映画ではシャワーを浴びて気分を変えるシーンがよく出てくる。それを真似《まね》て、熱いシャワーを思いっきり浴びた。

バスタオルで身体を拭《ぬぐ》い、新しい着衣に着替えたら、見事に気分が晴れた。叔父の日記と向き合うための、新たな気力も湧《わ》いてきた。

作業台の椅子に座り、日記帳を引き寄せた。

昨夜に続いて徹夜となっても、日記を最後まで読み通そうと決めた。

部屋の時計が午後10時を指している。

見ず知らずの女性に電話するには、午後10時は遅すぎるかもしれない。が、なんとか彼女から事情を聞かせてもらいたかった。

なぜ叔父の日記帳を送ってきたのか。

叔父とはどんな間柄だったのか。

いつ日記帳を託されたのか。

知りたいことが次々に浮かんできた。

彼女の電話番号が携帯電話のものだったならば、幾らかは気が軽かっただろう。電話機が相手の身近な場所にあるからだ。

固定電話にかけるのは、正面玄関からノックをする気分になる。わたしは居住まいを正して8ケタの番号をプッシュした。

高田由香理さんへの三度目の電話は、7回のコールでつながった。

「高田です」

夜間の電話をいぶかしんではおらず、明るい声の応答だった。

「夜分恐れ入りますが、由香理さんはいらっしゃいますか?」

答えるまでに、わずかの間が空いた。

「わたしですが……どちらさまでしょうか」

声の調子が大きく変わっていた。

「どちらさまですか」

相手の声が尖《とが》り気味になっていた。

「ごめんなさい、わたしは深川に住んでいる高倉俊介と申します」

受話器を持つ手に力が籠《こ》もった。

「今日の午後、あなたからの宅配便を受け取った者です」

事情が分かったら、相手の気配が明るく変わったのが伝わってきた。

「よかった……届いたんですね」

話し声にも最初の明るさが戻っていた。

「こんな時間に電話をかけてしまって、本当にごめんなさい」

「いいんです。わたし、夜は遅い方ですから」

当方が素性《すじょう》を明かしたことで、遅い電話もいやがってはいなさそうだった。

「あなたが送ってくれた荷物を預けたのは、高倉尚平ですよね?」

答えまでに、またわずかな間が空いた。

「高倉さんっていう苗字《みようじ》は知っていますが、名前は知りませんでした」

またまた口調が変わった。

「どうして名前はショウヘイですよねと、わたしに訊《き》くんですか？」

問いかけが唐突過ぎたのかも知れないが、ここで切られたらなにも分からなくなる。

電話を切られないために、思い切って事実を伝えることにした。

「あなたにお願いした高倉尚平はわたしの叔父ですが、交通事故で死にました」

「えっ！」

息を呑む様子が受話器から伝わってきた。

「それで失礼だとは思ったんですが、叔父があなたに荷物を託した経緯《いきさつ》をどうしてもうかがいたかったんです」

彼女は黙ったままだった。

「高田さん……聞こえてますか？」

「はい……」

語尾が下がっていた。が、わたしが問う前に彼女から話しかけてきた。

「あんまり驚いたものですから……高倉さんは、いつお亡くなりになったんですか？」

日にちを明かしても、彼女は格別の反応を示さなかった。

「10月8日です」

「あなたに荷物を預けた日だと思います」

「ええっ、まさかそんなこと……」

彼女はあとの言葉に詰まった。

叔父が発送を依頼したその日に事故死したという事実が、深い衝撃を与えたようだ。

それでも事情を理解したあとの彼女は、ときに言葉を詰まらせながらも、わたしが知りたかったことには素直に答えてくれた。

*

叔父は佃島《つくだじま》のタワー・マンションにひとりで暮らしていた。

叔父が毎日のように通っていた月島《つきしま》商店街の喫茶店ヴィスキーに、高田由香理はアルバイトをしていた。

周辺に次々と高層マンションが出現している月島商店街である。シャッター通りとは無縁で、すこぶる元気だ。

コンビニもスーパーも喫茶店チェーンも、いまだに数を増やしていた。

しかし昔ながらの個人経営の喫茶店はヴィスキー1軒しかない。

コーヒーはネルの布で漉《こ》して淹れる。

朝は薄切りトーストにゆで卵のモーニングを提供する。

叔父はすっかりヴィスキーが気に入り、すでに5年も通っていた。

大学4年生で、来春の就職もすでに決まっている高田由香理は、2年前からヴィスキーでアルバイトを続けていた。

新宿区の彼女の住まいから月島のヴィスキーは、遠く離れている。が、月島には彼女の姉が住んでおり、アルバイトの前日は月島に泊まっていた。

それゆえ午前8時からのモーニングも当番を受け持つことができた。

ほぼ毎朝、叔父はヴィスキーでモーニングを楽しんでいたらしい。当番の朝は、高田由香理が叔父と雑談を交わすこともあった。

10月8日も彼女が朝の当番だった。

「甥《おい》の誕生日プレゼントに買った本だが、あいにくそのころは海外に出かけている。手間をかけて申しわけないが、11月23日の土曜日にかならず届くように、宅配便で送ってもらいたい」

叔父は送料のほかに、1万円の心付けを添えていた。

彼女は10月8日でヴィスキーのアルバイトを辞めることになっていた。

「これがわたしの携帯番号です」

彼女は自宅の固定電話番号も叔父に教えた。

「海外旅行からお帰りになったら、ぜひ一度、電話をください」

明るい声で彼女が電話に出たのは、叔父かもしれないと思ったからだった。

日記帳の包装は叔父が済ませていた。

高田由香理は預かった包みを、そのまま送ってきただけだった。

「高倉さんて、バイトの間ですっごく人気があったのに」

叔父の死を悼《いた》んでいる声ではなかった。

叔父からもう電話をもらえなくなったのが惜《お》しい……電話を切る直前の高田由香理の口調は、そんなふうに聞こえた。

＊

なぜ11月23日必着なんだ？

わたしの誕生日は1月22日だ。

今年もその日に万年筆のプレゼントをもらったのだ。叔父が間違えるわけがない。

あれこれとわけを考えていたとき、不意に浮かんだ考えがあった。

急ぎ壁のカレンダーを取り外した。

11月を10月にめくり返した。そして10月8日から今日までの週を数えた。

今日は7週目にあたっていた。

4

日記が送られてきた経緯は呑み込めた。

まさか、叔父に限っては絶対にあり得ないと強く撥《は》ね付けてきた、あの忌《い》まわしい語。

自殺の二文字が、いきなり至近距離にまで迫ってきた。

こうなったら読むしかない。

気持ちを新たにするために、マドラス・チェックの半袖《はんそで》シャツに着替えた。晩秋でも半袖シャツでいられるのは、陽《ひ》の射《さ》すマンションの利点のひとつだ。

すでに何年も着古しているシャツだが、パッチワークが気に入っている。ここ一番の大事な装丁デザインに取りかかるときは、縁起《えんぎ》をかついでこのシャツを着てきた。

袖を通しボタンを嵌《は》めたら、日記と向き合う気構えが整《ととの》ったと感じられた。

いままでの流し読みはやめて、一文字ずつ吟味《ぎんみ》しながら読み始めた。

＊

『九月九日、月曜日、晴』

秋葉原《あきはばら》の床屋に行った。ここの電気街の仕事を引き受けたときからの付き合いだから、もう三十年を超えることになるか。

秋葉原は変わった。かつてはこの町でなければ手に入らないオーディオ機器が山ほどあった。いまは絶滅に近い。

真空管アンプ。ダイレクト・ドライブのターンテーブル。MCカートリッジ。オープン・リールのテレコ……消えたものを書き始めたら際限がなくなる。

新たに生まれたオーディオ機器は、値が安く、しかも音がいい。扱い方もたやすい。

安くて便利になったことを悔しがるおれは、歳《とし》を重ねたということか。

鏡に映るおれもマスターも、ともに老《ふ》けた。鏡や髪は正直なものだ。

帰りに有楽町《ゆうらくちょう》で映画を観《み》た。よく出来た法廷ドラマだが、感想を共に語り合える相手がいない。

＊

左ページの9月8日で宣言した通り、小柳さんもMさんも出てこなかった。

しかしそれは固有名詞が書かれていないだけだ。

映画好きの叔父は週に1本は劇場で観ていた。自宅にはサラウンド再生のできるホームシアターも設《もう》けていた。

小柳さんとは好きな監督・役者・ジャンルも多くが共通していたのに。

＊

『九月十日、火曜日、晴』

いま片山津《かたやまづ》温泉で三度目の湯から戻ったところだ。

予約のない突然のひとり客だ、さぞかし嫌《いや》な顔をするかと思ったが意外にも扱いがいい。湯も良し、飯も良しだ。

バイクで東京から一気に走ったことで、身体にきている。これからマッサージでも呼ぼう。

明日の行程、まったく決めておらず。いつ出て、いつに戻るとも案ずる者とて無し。

ひとり旅の気楽さと寂寥《せきりよう》が同居する旅か。ツーリング・バッグに収めた日記が物言わぬおれの連れだ。

＊

叔父の旅は、9月16日の東京帰着で終わっていた。この間の記述は、北陸から信濃《しなの》にかけての旅路の印象と、叔父の言葉を引用すれば「ひとり旅の気楽さと寂寥が同居」した心情の吐露《とろ》に充《み》ちていた。

わたしは日記を読む手を止めて、あの日のことを……旅から叔父が帰った日のあれこれを思い返した。

「北陸から信州《しんしゆう》をバイクで回ってきた。なんの予定も組まない、ひとり旅はいいぞ」

あのときはまるで叔父と一緒にその場に立っていたかのような描写で、旅先の景観を聞かされた。

『今日は湯田中《ゆだなか》に投宿した。夕刻から露天につかる。

名も知らぬ山の向こうに、大きな陽が落ちる。唯々《ただただ》、雄大な景観としか表現できない文才の無さが口惜《くや》しい。

沈みゆく直前の夕陽が織りなす、色味の変わり方。

山の稜線《りようせん》に重なる空の付け根との対比。

沈んだ後には空から尾根へ、尾根から里へと薄闇が下りて来た。空が闇に包まれたあとには、無数の星が瞬《またた》き始めた。

すべてを墨一色で描く、自然の落日には感動があった。

おれは老いにきて、抑え込んでいたものが牙《きば》を剝《む》き出しにした。

明日は帰る。

都会の雑踏が歳を忘れさせる。有り余る自然は、いまのおれには過酷だ』

旅の締《し》めくくりの宿、9月15日の記述である。

叔父は前段部分だけを切り抜いて、わたしに話していた。

これほど近くにいながら、叔父が陰の部分で漏らしていた喘《あえ》ぎに、わたしは何ひとつ気づいてはいなかった。

『おれは老いにきて、抑え込んでいたものが牙を剝き出しにした』とは、なにを意味するのだろうか。

叔父がひとり旅を続けていた間、Mさんはどこで、どうしていたのだろうか。

『いつに戻るとも案ずる者とて無し』と、片山津の宿で記していた。

Mさんは行き先も定かではない叔父のひとり旅を、心配していなかったのか。

親友小柳さんとは義絶状態のまま、ひとりで旅に出たというのに。

叔父も旅先からMさんには連絡しなかったのか……こう考えたとき、また声が漏れた。

叔父が携帯電話を持ってなかったことに思い当たったからだ。

全国どこにいようが、携帯電話さえあればほとんどは連絡がつく。

しかし携帯電話なしでは、いまの社会は不便なこと極まりない。

投宿先でも街道途中の道の駅でも、喫茶店でも食堂でも、公衆電話の大半は姿を消した。

しかし待てよ……。

思い返したが、また足踏みをした。

電話をかける気があれば、あの叔父のことだ。どこにいようともかならずかけたはずだ。

現役時代の叔父が広告撮影で離島に出かけたときには、消防団の無線電話を借りてかけてきたこともあった。

なぜMさんと連絡をとらなかったのか。

かけたくてもMさん宅には電話をできないわけを、叔父は抱え持っていたのか?

このあとのページに、まだなにか深い闇が、叔父の秘密が隠されているのか……。

重たいものを抱えたまま、9月17日に目を移した。

＊

『九月十七日、火曜日、雨後曇』

書くまいと決めたのに書かざるを得なくなった。

おれの帰着を待ちかねていたかの如《ごと》く、興信所調査員を名乗る男から電話があった。

だれの指示で電話をしてきたのか、その男は明かさなかった。

電話番号を知った経緯も言わない。

物言いに凄《すご》みを感じた。怖くはなかったが男に興味を覚えたため、帝国《ていこく》ホテルのラウンジで会うことにした。

それが今日だった。

男は一通の報告書を手にしていた。おれとMとの逢瀬《おうせ》を調査した記録らしい。

調査の依頼主など、男が明かすはずもない。が、Kのほかには考えられない。

事態はここまでに至ったか。

そこまでKを追い詰めていたのかと、いまさらながら愕然《がくぜん》とした。

調査員がおれに報告書を見せた意図《いと》は明白だ。Mから手を引け、ということだろう。

人生の終盤にきて、興信所を介してKと対峙《たいじ》するなど、考えてもみなかった。

気が荒れ過ぎて、このまま日記を書くのが煩《わずら》わしい。

時刻は午後十時だ。雨は上がっている。

バイクでも飛ばそう。

＊

小柳さんのことは、叔父から毎日のように聞かされていた。が、わたしが会ったのは多くても四度ぐらいだ。

タヌキの焼き物がこの事務所に届いた翌日、小柳さんは叔父と連れ立って顔を出された。

あの日、ここで叔父と小柳さんが交わした会話は、いまでも覚えている。

「こいつは女性に不器用でね、女房を亡くして8年にもなるのに、まだ自分を自由にできないんだ」

不器用な男だと責めながらも、叔父は小柳さんの律儀《りちぎ》さを称《たた》えているように聞こえた。

「女嫌いでもないだろうに、早くいい相手を見つけろ。おまえもそう思うだろう、俊介」

叔父が話している間、小柳さんは照れ笑いのような表情で黙っていた。

あのときの会話は、叔父も絶対に覚えていたはずだ。

やっと小柳さんが出会ったひとに、こともあろうに叔父が手を出したのか。

そんなこと、叔父は絶対にしない！

ここまで赤裸々な記述を読んだあとでも、まだ信じられずにいた。

あの温厚な小柳さんが、興信所に叔父の素行調査をさせたというのも、わたしには受け入れがたいことだった。

窓から見えるデジタル時計は、いまも時を刻んでいる。

時刻はすでに23時を大きく過ぎていた。

時計を見たことで空腹感を覚えた。

午後に宅配便を受け取ってから、なにも食べてはいなかった。

こんな時間では、どこも店は開いてない。コンビニと終夜営業のラーメン屋ぐらいだろう。

部屋から出たわたしは、表通りのコンビニに向かった。雨上がりの道には、幾つも水たまりができていた。

ほとんどの店が閉まった町は暗い。コンビニの明るさが際立って見えた。

店に入り、弁当コーナーに向かった。

棚に並んだ弁当のひとつと小型ボトルの茶、それにコーヒー豆をレジに持参した。

「お茶は温かいのもありますけど」

深夜とも思えない、明るい声で告げられた。

そうか、もう冬が近いのか。

レジの言葉で、逝《ゆ》く晩秋を思った。茶のボトルを温かい缶に取り替えた。

白いビニールバッグを提《さ》げて、人通りの絶えた町をひとりで帰り始めた。

水たまりを踏むスニーカーが、ピチャピチャと情けない音を立てた。

和美さえいれば、ひとりでこんな気分を味わうこともなかったのに……。

電話がつながらない和美に愚痴《ぐち》をこぼしたとき、わたしの手からバッグが抜け落ちた。

温められた茶の缶が、グシャンと潰れたような音を立てた。

叔父もいまのわたしと同じ気分を、何度も味わっていたのではないのか。

独り暮らしの叔父には、こんな寂しさを痛感する局面が幾たびもあったことだろう。

還暦が目前にまで迫ってきたのだ。

自由気ままな暮らしよりも、共に暮らす連れ合いが欲しくなったとしても、なんら不思議ではない。

その相手がMさんだったのだ。

『これほどまでに女性に執着する自分がいたのかと、思い知るのはつらい』

日記に記された一節は、暮らす相手を求める叔父の呻《うめ》き声だったに違いない。

ところがMさんは、親友が奥さんと死別してから8年の歳月を経て、初めて気持ちを動かした女性だった。

茶の缶を拾ったあとも、動けなくなった。

閉じられたシャッターに寄りかかり、弁当と茶とコーヒー豆を提げたまま目を閉じた。

闇の中を流れる深い川の両岸で、ふたりの男が向かい合っている。

脳裏に浮かんだ情景が、あまりにもリアルだったから動けなくなったのだ。

空腹感がすっかり失《う》せていた。

部屋に戻ったあとは、缶の茶をひと口飲んだだけで、また日記を前にしていた。

5

9月17日の夜遅くにバイクで出たあと、叔父は9月20日まで、また短い旅をした。いつにも増して、いきなり思い立った旅だったのだろう。日記を持ち出さなかったらしく、17日から20日までの四日分をまとめて書いたようだ。

この短い旅では、目を惹《ひ》くような事柄はなにも書かれていなかった。

9月21日は右ページである。

左の9月20日を読み終えて右ページに目を移したわたしは、この日を三度も読み返してしまった。

＊

『九月二十一日、土曜日、晴』

今年は昨日が彼岸《ひがん》の入りだ。

途中の道路も霊園も混雑しているのを承知で、兄の墓参を済ませた。

定年間際には、平凡な人生だと愚痴っていたが、おれには兄貴の人生が黄金に思える。

家族への責任から、自分の欲望は内に押し込めてきた……兄はそう言いたかったのだろう。しかし自己を厳しく律した対価として、女房とふたりの子を授《さず》かった。おれは還暦も間近だというのに、血を引く者が誰もいない。俊介を幾ら可愛《かわい》がっても、あいつは兄貴のものだ。

＊

いまのいままで、漠然と感じながらも適《てき》した言葉が見つからず、もやもやと思っていたことがある。

叔父から生活感や暮らしの匂いが感じられなかったということだ。

父は違っていた。

着ているものはいつも上下同色の背広。

雨に濡れても平気な合成皮革の靴は、足の形通りに崩《くず》れていた。

名刺や領収書で膨れた黒い財布。

1円玉まで収まっていた小銭入れ。

親父は使い古したカバンを持ち、ポケットにはモノが詰め込まれて形の崩れたスーツを着て、懸命《けんめい》に家族を支えていた。

親父が背負っている責任感は、わたしにも分かっていた。が、父の発散する「生活の重さの匂い」が我慢できなかった。

洒脱《しゃだつ》さを尊《とうと》び、自由を謳歌《おうか》する叔父が、なんと眩《まばゆ》く輝いて見えたことか。

ところがそんな叔父も、日記のなかでは等身大で息をしていた。

歳相応の苦悩とひとり身の切なさを、活字体の文字の間から、はっきりと読み取ることができた。

しかもこの日の叔父は、さらに生々しい記述を残していた。

『自分で演ずる高倉尚平という仮面を、おれは脱ぐのが怖かった。

素顔を見せるのが嫌で、独り暮らしを謳歌しているかの如く振る舞ってきた。

何が自由だ、糞食《くそく》らえ、そんな戯言《ざれごと》は。

おれは自分の人生を、他人からの喝采《かっさい》欲しさに薄っぺらに演じ続けただけじゃないか。

Mはプロの女優だ。おれが演じている虚像を見抜き、やんわりとした言葉でそのことを指摘した。

これほどおれの本性を見抜けるひとは、もう二度と現れることはない。

そう思ったら、凄まじいMへの執着心に搦《から》め捕《と》られた。

Kとの関係が破滅すると分かり切っているのに、おれはMを奪った。

あのひとを知ったいままでは、独り暮らしなど御免《ごめん》だ。夜中、はっとして目を覚ましたとき、周りにだれもいないことの不安……』

この日の記述を読んだことで、9月15日に叔父が書いていた「抑え込んでいたもの」がなんであったか、分かった気がした。

それにしても、ここまで自分の内面をさらけ出した叔父は、こんな日記を他人に読ませることなど、断じて考えていなかったはずだ。

なぜ、わたしに送りつけたのか。

振り払っても振り払っても、自殺という語が浮かんでくる。

息苦しさから逃れるために、たまらなく和美の声が聞きたくなった。

電話してみたが、やはりいない。

和美からの電話を、うっとうしく思うこともあった。

いまはただ、和美と話がしたかった。

話したいときに、話し相手のいないつらさを痛感した。

いままで一度も、こんなことを思ったことはなかった。ひたすら叔父の洒脱で自由さに充ちた生き方を真似ようと努めてきたからだ。

和美の声を焦《こ》がれている自分に驚きながら、日記の新たなページをめくった。

9月22日から10月5日までは体言止めの連続した、メモのような記述に終始していた。

　ＫもＭもわたしの名も、興信所の後日談も一切出てこずである。

　この間に叔父は映画を６本鑑賞し、築地の交差点で知った顔に出会い、鮨屋に五度行っていた。

　バイクの記述がないのは、天候に恵まれなかったからだろう。

　父の墓参りには、この間に二日続けて行っていた。

　親父の墓は、鎌倉《かまくら》の霊園墓地だ。

　東京からの往復は半日仕事である。日記によれば墓参した10月４日、５日の両日とも雨だった。

　10月６日については日記を読むまでもなく、わたしにも確かな記憶があった。

　自営業に曜日は関係ない。仕事が押していれば徹夜もするし、日曜日も働く。

　あの日曜日は、午後からずっと叔父が事務所に留まっていた。

　元気な叔父を見た最後の日でもあった。

＊

『十月六日、日曜日、晴』

　休日の午後から俊介の事務所で過ごした。

　ことによってＫがおれを捜して、俊介の事務所に電話をしてくるかもしれないと思ってのことだ。

もし電話があったら、俊介を仲裁役《ちゆうさい》に仕立ててと考えたのだが、電話はなかった。

Kと話をしなくなって、四十日を超えた。この歳で友を失うのは厳しい。

＊

「まさか、そんな……」

わたしは自分の鈍感さを呪《のろ》った。

確かにあの日の叔父は、事務所の電話が鳴るのを待ち続けているように見えた。

いまのわたしが、和美からの電話を待っているのと同じように。

あの日、電話は何度も鳴った。

「いまのは誰からだった？」

いつもは訊きもしないことを、あの日に限っては何度も口にした。

「東和商会《とうわしようかい》の織田《おだ》さん」

「そうか……」

叔父の気のない返事は、小柳さんからではなかったことへの落胆ゆえだったのだ。

でもなぜ、この10月6日に限って、小柳さんから電話があるかもしれないと思ったのだろうか。

読んだ日記を思い返していたら、ひとつの事柄に突き当たった。

「あれだ！」

急ぎページをめくり返して、前日10月5日を読み直した。

読み飛ばしたつもりはないが、この日の記述には格別のことも含まれてはいなかった。

が、読み方が浅かったと思う。

『墓参からの帰り道、築地交差点で懐かしい顔と出会う。コーヒーを共にした』

これだ。

このひとは叔父と小柳さんとの間を結ぶことのできる人物だったに違いない。

日記にはなにも書いてないが、鎌倉から帰ってきた叔父は、この人物に様々なことを話したのだろう。

そして、こうも言ったと思いたい。

「明日の午後は俊介の事務所にいる」と。

そのひとの口から、小柳さんにそれを伝えてもらいたかったのだろう。

叔父が胸の内で葛藤《かっとう》していることに、わたしがもう少し敏感だったなら……。

唇を嚙《か》むしかなかった。

わたしの鈍《にぶ》さを知っていただけに、叔父は小柳さんとのことを甥には話せなかったのだ。

ひどい疲れにまとわりつかれて、椅子に座っていられなくなった。よろけるように立ち上がり、カウチに横たわった。

目蓋《まぶた》が重くて、ひどく眠い。

吸い込まれるように眠りに落ちた。

＊

目覚めたときにはすっかり夜が明けていた。

夢も見ず、熟睡したらしい。時計を見ると午前7時35分だが、まだ眠い。

熱湯のようなシャワーを全身に浴び、続けて冷水を浴びた。これを三度繰り返したことで、身体の芯から目覚めた。

和美からの電話はないままだった。

外泊していたら……と考えると、いま和美に電話をするのを疎《うと》ましく思った。

日記の残りは、あと二日分だけだ。一気に片付けようと考えて、椅子に座った。

新しい煙草の箱を開けてから、右ページの10月7日を読み始めた。

『十月七日、月曜日、曇』

日記の残りが薄くなってきた。もう十月だ。

夏が暑過ぎたせいで、今年の紅葉は遅れるらしい。時季が来たら久しぶりに十和田湖《とわだ》でも行くか。

おれもKも、いつまでも断絶したままでいられるほど、時間を浪費できる歳じゃない。いずれ和解する日が来る。

そのとき、もしおれがMと暮らしていたらどうなる？

Kが家を訪ねて来る。Mの料理をともに食い、喋《しゃべ》る。楽しそうに見えても、それは以前のおれとKじゃない。

ふっと言葉が途切れたのを潮に、あいつはひとりで帰って行く。

Mとの間には子を授かるかも知れない。

そうなればおれは狂喜する。

Kに後ろめたさを感じつつも、おれはそうなる。生活が、誕生した子を中心に動き出し、他のすべてを弾《はじ》き飛ばすだろう。

遅くに授かった子を持った親の、そんな話を幾つも聞いてきた。

身勝手な喜びをKに押しつけるのか……。

おれにはできない。

＊

これが10月7日の全文である。

『十和田湖でも行くか』まで書いて、叔父は記述を一度やめたようだ。

改行されているし、ロットリングの太さが変わっていた。

明るい調子で書き始めた10月7日なのに、叔父はなにを思ったのか筆を擱《お》いた。そのあとで突然、凄まじいこころの葛藤を日記に吐き出していた。

最終行の『おれにはできない』は、太いマーカーで力まかせに書き殴っている。叔父のこんな文字を見たのは初めてだった。

やはり普通の精神状態ではなかったのかと、不安な気持ちに急《せ》かされた。

息を詰めてページをめくった。

＊

『十月八日、火曜日、晴』

気持ちの良い秋晴れだ。

いま午前十一時。昨夜はほとんど眠れなかったが、いまは吹っ切れたし元気も出てきた。

おれには小柳が必要だ。あいつとは人生の大半を共にしてきた。

この先に残された時間を分かち合えるのは、やはり小柳しかいない。

いまならまだ修復できる。

連絡するならおれからだ。

＊

最期の日の記述はこれで終わっていた。

どういうことだ、これは。

わたしは混乱の極みに投げ込まれた。

それじゃあ叔父さん、あれはやっぱり事故だったのですか！

6

新しく淹れたコーヒーの香りが、朝の事務所に漂っていた。腹を減らした猫が、またミャオミャオと朝飯を催促してきた。

時計は午前8時18分を示していた。

「おまえも腹が減って当然の時刻だな」

軽く洗った器《うつわ》に、缶詰のキャットフードを移していたら。

ルルルルル……ルルルルル……。

電話の電子音が鳴り始めた。

和美からだと直感したわたしは、大慌てで電話機に駆け寄った。

「高倉です」

「あっ……トライアル・エージェンシーの橋本《はしもと》です。朝早くからすいません」

電話は和美ではなかった。

「会社案内の進み具合、いかがでしょうか」

初めて発注を受けた代理店営業マンからだった。調子のいい声が、電話の向こうから響いてきた。

まだ8時半にもなってないだろうと、荒らげそうになった声を押さえつけた。

「明日の午後までの約束でしょう」

平板な物言いのなかに腹立ちを押し込めた。

「そうでした、そうでした。朝早くから申しわけありませえん」

こちらの声の調子で、察するものがあったらしい。早々に電話を切ったが、最後まで調子のよさは消さなかった。

ここで小柳さんからの電話を待っていたとき、叔父もいまのわたしと同じような気分を味わったのか……。

いまの電話で、意識が日記に引き戻された。

10月8日の短い記述を読み終えたとき、あれはやはり事故だったと考えた。

しかし自殺でなくてよかったと安堵《あんど》するでもなく、得体の知れぬ違和感を消せずにいた。

とはいえ、書かれた文章をなぞり返しても、書いたあとで自殺するとは思えなかった。

解けない謎々を突きつけられたような気がして、胸の奥底では苛立ちがくすぶっていた。

もう一度、読み返すしかない。

再び椅子に座った。そして10月8日の日記に目を落とした。

短い記述を二度読んでから目を閉じた。

改めて今回の顚末《てんまつ》を思い返すうちに、幾つも矛盾点が浮かんできた。

なによりも、なぜ日記をわたしに送ってきたのかが分からなかった。

叔父は自分の手で厳重に包装し、四十九日の週に届くように手配していた。

到着日まで指定して託したその日に、バイク事故で死んでしまうとは。

それを事故だとするなら、想像を遥《はる》かに超えた偶然の重なり方というほかはない。

日記に書かれた中身も問題だ。

叔父は男の見栄《みえ》をなによりも重んじた。

そんな人物があの日記を他人に読ませるなどとは、到底考えられない。

わたしは日記をつけない。しかしビジネス・ダイアリーには様々な書き込みがしてある。

箇条書きに過ぎない書き込みでも、他人には絶対に見せたりしない。

周りの眼にどう映るか。

そのことに意識を集めて生きてきた叔父である。

そんな男が、あれほどまで内面の悩みを綴った日記を、自分の存命中に他人に見せるなど、あろうはずがなかった。

わたしに送ってきたということは、叔父は日記を読めと指図をしているのだ。

では、なんのために？

10月8日だけイニシャルで書かず、小柳と実名を記したのも奇妙だ。

小柳さんはKなどと抽象化して呼ぶような、そんな軽い相手ではない……叔父はそう考えたのかもしれない。

もしもこの日を最期の記述だと決めたのなら、わたしでも実名を記すだろう。

高速交通機動隊が言ったブレーキ痕がないというのも、事故だったとするなら解《げ》せない。

大型バイクに乗り始めてから、確かに叔父は日が浅い。しかし北陸道、関越道《かんえつどう》などの高速ロングツーリングも何度も体験していた。

自分のバイクには慣れているはずだ。

「事故のときには、急制動のブラックマークが路面に黒々と尾を引くはずです」

警察から聞かされた説明が、日記を読み終えたいまは重くのしかかってきた。

コーヒーを飲みながら、何度もあることを考えていた。

小柳さんに電話してみよう、と。

『いまならまだ修復できる。連絡するならおれからだ』

この2行には、叔父の強い意志が凝縮されていると思えてならなかった。

事故か自殺かを思い惑うよりも、叔父の想いを小柳さんに伝えるのが先だ。

小柳さんに電話をかけることこそ、日記を託された者が負うべき責務だとも思われた。

Mさんのことをどう話すかは、小柳さんに会ってから決めよう。

電話をするなら早いほうがいい。

小柳さんの電話番号は会社・自宅・携帯電話それぞれを住所録に書いてあった。

住所を確かめると世田谷《せたがや》区代沢《だいざわ》5丁目となっていた。時計は午前9時半を示している。

日曜日だが、もう電話してもいい時刻だろう。

さあ、電話だと、肚《はら》をくった。

手を伸ばそうとしたが、受話器が摑めなかった。

あたまの内では、なんとか電話をかけなくて済む理由を探していた。

煙草をくわえて、ライターで火をつけようとした。叔父と小柳さんが連れ立って香港《ホンコン》を旅したときの、叔父のみやげだった。

そのライターを使うのも巡り合わせだと思いつつ、火をつけた。

ふうっ。

吐き出した煙が、ゆらゆらっと昇る。目は煙を追っていても、何も見てはいなかった。

二度だけ吸い込んだ煙草を潰し、椅子から立ち上がった。

部屋をうろうろと動き回った。

とぼけた顔をしたタヌキの菅笠をひっ叩《ぱた》いてから、椅子に戻った。

情けないが、まだ気持ちが定まらない。

新しい1本に火をつけようとして、ライターを手に持った。金色ダンヒルのふたを開き、親指で胴輪を回した。

シュポッと音がして、ガスが点《とも》った。

ゆっくり間をあけながら、四度煙草を吸い込んだ。元々短いホープが半分まで減った。散々に迷ったが、ためらいもここまでだ。

「電話するぞ」

声に出したら、ミャオが耳をピクッとさせた。

受話器に手を伸ばそうとした、その瞬間。

ルルルル……。

電話機が先に鳴り始めた。

詰めていた息を吐き出し、受話器を持った。

「高倉です」

「和美です、おっはよう！」

どれほど親しくなっても「わたしよ」などとは言わず、和美は名を名乗った。

いまのわたしには、和美の律儀さが嬉しかった。

「夜中に何度も電話したけど、あなたが出ないから心配していたの」

電話に出てくれて安心した……心底、安堵したという声音《こわね》だった。

「おれも夜中まで電話を待ってたよ」

和美の声が聞けて嬉しいのに、わざとぶっきらぼうな物言いで応じた。

「ごめんなさい」

素直な詫《わ》びが心地《ここち》よく聞こえた。

「結婚の相談をされた友達の家に泊まったの。わたしも11時過ぎに電話したのに、俊介、いなかったでしょう？」

そうか。弁当を買いに出ていた時だ。

「コンビニに行ってたんだ」

「じゃあ、きのうも徹夜したの？」

わたしの身体を心配しているのが、声の調子から伝わってきた。

「真夜中過ぎにも電話したけど、やっぱり出なかったから」

熟睡していて聞こえなかったと、胸の内で和美に答えた。

「しつこい電話は仕事の邪魔になると思ったから、心配だけどこの時刻までかけるのを我慢していたの」

和美は一気に話してくれた。

ひたむきな物言いが嬉しかった。

「いまからすぐ、そこに行くから」

すぐに受話器を置かぬばかりの口調だ。

「ちょっと出るけど、夕方までには戻る」

「どこへ行くの？」

和美の声は、いまもわたしの身体を心配していた。

「帰ってからゆっくり話すよ」

わたしは落ち着いた物言いで応じた。

「分かった」

和美にも得心がいったようだ。

「お昼前にはそこに行ってるから、早く帰ってきてね」

短い会話だったが、昨夜から抱え持っていた重たいもののひとつが失せた。

さあ、小柳さんに電話だ！

今度はためらうことなく、受話器が持てた。

微妙な話をするのだ。小柳さんに直接つながる携帯電話のほうがいいと思えた。

番号を押したあと、5回目のコールで相手が出た。

「小柳でございます」

女性に応答されて、言葉に詰まった。

「もしもし、もしもし……高倉俊介さんではありませんか？」

問われたわたしは、さらに息が詰まりそうになった。ふうっと息を吐き出してから、ようやく声が出せた。

「高倉と申しますが、小柳さんはいらっしゃいますか？」

「俊介さんですね？」

声音は年若い女性に思えた。

「高倉俊介です」

電話の相手が分からないのに、向こうはわたしを知っている口ぶりだ。

つい、物言いが固くなった。

「父は少しだけ外に出ていますが、10分ほどで戻ってきます。いただいたこの番号にかけ直せばよろしいのですね？」

「それで結構です」

待っていますと告げて電話を切った。

仕事柄、事務所の電話は番号が相手に表示される設定にしてある。

小柳さんの携帯電話には、わたしの番号が登録されているのだろう。

だれなんだ、あの女性《ひと》は？

彼女は「父は……」と言った。

小柳さんの携帯電話に、娘さんが出たのだろうか。

彼女の口調には、わたしのことは小柳さんから聞いているという感じが含まれていた。

もしかして、小柳さんはわたしからの電話を待っていたのだろうか。

だからこそ、僅《わず》かな外出でも娘に電話番を頼んだのか。

留守電にメッセージを残さず、そのまま切られることのないように。

あれこれ先走って考えても仕方がない。

何本目になるか分からない煙草に、またダンヒルで火をつけた。

吸い終わっても、電話はまだ鳴らない。

窓に近寄ったら午前10時8分の表示が見えた。デジタル表示が9分に変わったのに合わせて電話の電子音が鳴った。

駆け寄り、受話器を取った。

「高倉です」

「小柳です」

口にしたのは、互いに名乗りだけだった。

わずかの間をおいて、わたしの方から話しかけた。

「大変ご無沙汰《ぶさた》しておりました」

おかしなあいさつとなったが、ほかに言葉が浮かんでこなかった。

「ああ……いや、こちらこそ」

小柳さんも言葉がぎこちなかった。

「これから小柳さんのお宅に、お邪魔させてもらってもよろしいですか？」

やはりわたしはひどく動転している。

なんの前置きも言わず、いきなり用件を切り出してしまった。

言ってからわたしはうろたえた。

自宅の電話ではなく携帯電話にかけたのに、小柳さんは自宅にいるものだと決めてかかっていたからだ。

電話を取った女性は10分で戻ると言った。その口ぶりから、小柳さんは事務所ではなく自宅にいると思い込んでしまった。

「いいよ。うちの場所は知っているかい」

小柳さんは、やはり自宅にいたようだ。

「いま10時11分ですから、11時半までには下北沢《しもきたざわ》に行けると思います」

「きみはいま、深川の事務所だね」

「そうです」

「それじゃあ、下北沢南口の改札口まで迎えに出るから」

「分かりました。すぐに出ます」

じゃあ、あとでと言って、小柳さんの方から電話を切った。

小柳さんの口調は、やはりわたしからの電話を待っていたように感じられた。

いまの短いやり取りで、わたしも幾分かは気が軽くなった。

大型の日記帳をデイパックに詰めて、門前仲町《もんぜんなかちょう》駅から地下鉄東西《とうざい》線に乗った。日本橋《にほんばし》で銀座線に乗り換えた。この線の終点が渋谷《しぶや》だ。銀座線は利用客が多く、わたしはドアのそばに立っていた。

ガラスには、自分の顔が映っている。二日続きの徹夜明けで、両目が赤くなっていた。

叔父は数日徹夜を続けても、表情には出さぬように努めていたものだが。

目の充血だけは隠しようがなかった。

おれのいまの顔、親父より叔父さんに似てきたと、ガラスを見て思った。

＊

父の葬儀は参列者も少なく、祭壇の生花は叔父やわたしの仕事関係からの方が多かった。

叔父の葬儀も父と同じ中野《なかの》の寺で執《と》り行われた。

「事故死ですから、密葬ということで済ませられませんか」

葬儀社に相談したが、故人の交友関係を聞いた担当者は強く異を唱えた。

「日を変えてでも、お別れ会のような本葬が必要だと思います」

叔父の祭壇は白い花で埋め尽くされ、焼香《しょうこう》の長い列が続いた。

＊

ガラスに映っている顔が、光の加減で親父に似たり、叔父の遺影に似たりする。

どちらの人生が幸せだったのか……。

銀座から渋谷までの15分間、地下鉄のトンネルを眺《なが》めながら、わたしは暗いことばかり考えていた。

車に乗って軽い音楽でも流して行けば、事務所を出たときの気分のままで小柳さんに会えたかもしれない。

地下鉄を使ったことを悔やんだ。

重たい気分を引きずったまま、渋谷で井《い》の頭《かしら》線に乗り換えた。急行が先発だった。

時計を見るとまだ11時前だ。下北沢まで急行なら5分足らずで行き着ける。

「約束より早く着いたら、近くで時間を潰せばいい。待たせるより待つ方を選べ」

これが高倉尚平の流儀だった。

井の頭線は地上を走る電車だ。窓から外を眺めていても、地下鉄のように気分が塞《ふさ》ぐことはなかった。

車窓に東大駒場《とうだいこまば》キャンパスが見えてきた。常緑樹に混じって、イチョウが黄色く色づき始めていた。

『今年の紅葉は遅れるらしい。時季が来たら久しぶりに十和田湖でも行くか』

叔父の日記の一節が想い出された。

「東京でもイチョウの葉が色づき始めてきたよ、叔父さん」

小声でつぶやいたつもりだったが、向かい側のカップルに聞こえたらしい。

ふたりは別のドアへと離れて行った。

電車は予定通り、5分もかからず駅に到着した。

出口に向かう人波に乗って歩いた。

階段の上部に改札口の表示が見えている。

わたしは1段ずつ、深い息を繰り返しながら階段を降りた。中ほどを過ぎると改札口が見えてきた。

やつれて痩《や》せた小柳さんが、改札口で待っていた。

7

邪魔にならぬ音量で、バッハが流れる下北沢の喫茶店。一番奥のボックス席で、小柳さんと向かい合わせに座った。

「ご注文は?」

「コーヒーを」

小柳さんと同時に答えた。

声が重なったので思わず顔を見合わせたが、互いにそっと視線を外して黙り込んだ。

小柳さんは煙草を吸わない。

これから話す内容を思うと、相手が吸わないのに自分だけ煙草を口にはできなかった。

「俊介くん、煙草、遠慮はいらないよ」

小柳さんの方が気遣ってくれた。

「じゃあ、失礼します」

これで会話の糸口がほどけた。

ダンヒルを取り出すと、小柳さんが見詰めた。が、ライターの由来には言い及ばず、腕組みをして椅子にもたれかかった。

「もう四十九日か……」

吐息を漏らした姿は、身体が一回りも痩せて見えた。

子犬のように黒目が大きくて丸い。それが独特の柔和さを見せていた小柳さんだが、いまは猫のように鋭く感じられた。

叔父の突然の死が、小柳さんの容貌を激しく変えたに違いない。

もし、いまここで叔父に代わって謝罪すれば、小柳さんは多少なりとも気持ちが晴れるだろうか？

そんなことを考えながら、小柳さんを黙って見詰めていた。

わたしの視線に気づいたらしく、小柳さんは椅子に座り直した。

「通夜にも葬儀にも顔を出さなくて……俊介くん、さぞかし腹を立てただろうね」

言葉を口にするのもつらそうだった。

やっとの思いで話しているのだろうに、目はわたしを見詰めていた。

被写体に焦点を合わせるカメラマンの目だと思った。

ひどいことをしでかしたという、負い目はこちらにあるのだ。わたしは小柳さんから目を逸《そ》らさずに受け止めた。

「じつは……」

小柳さんの方が目を逸らし、うつむいた。「尚平とは、いろいろとあってね」

短い言葉なのに、うつむいたまま言い終わるまでに時がかかった。

「小柳さん」

肚をくくって呼びかけた。

小柳さんの目がわたしに戻った。

「叔父の日記帳が送られてきました。ここに来たのも、その日記帳の中身をお話ししたかったからです」

いきなり小柳さんの顔色が変わった。

うろたえたような表情となり、コーヒー・カップに手を伸ばした。が、手元が細かく震えていた。

それでも口許《くちもと》に運び、ひと口をつけてカップをソーサーに戻した。

小柳さんはまた椅子に身体を預けて、目を固く閉じた。

流れる曲がカンタータに変わったとき、小柳さんは目を開いた。座り方をずらし、前のめりになってわたしを見た。

「それじゃあきみは、尚平と関係が途絶えた経緯も知っているね？」

「はい……多分……」

「そうか」

小柳さんは、また目を閉じた。唇がきつく結ばれている。とてもこちらから話しかけられるような雰囲気ではなかった。

叔父が死んで四十九日になろうとしていたが、小柳さんの怒りはまだ収まってはいないのかもしれない。

ぬるくなったコーヒーに口をつけつつ、小柳さんが口を開くのを待った。

曲の替わり目で、やっと小柳さんはわたしを見てくれた。

「あいつ、さぞかしおれを恨んでいただろうね。どう罵《ののし》られても一言もない」

「えっ？」

この場にはまるで場違いな、素っ頓狂《すとんきよう》な声を漏らした。

隣の席の女性がバッハの邪魔だと言わぬばかりに、きつい目を向けてきた。

小柳さんもわたしの反応に驚いたらしい。

「えって……尚平は女性のことを書いていたんじゃないのか？」

「イニシャルしか書いてはいませんが、Mさんのことなら書いてありました」

「そのことだよ」

小柳さんからため息が出た。

「自分でやっておいて言うことじゃないが、あのひとのことで、尚平とこんなことになるとは思わなかった」

うつむき気味だった小柳さんが、わたしを真正面から見た。

「いまさら弁解がましいことを言うようだが、まさかあいつがおれたちを尾行したり、興信所を使うようなことまでするとは、想像もできなかった」

また深いため息が小柳さんから漏れた。

どうも様子がおかしい。

いまは自分の口を閉じたほうがいいと、わたしは判じた。

小柳さんには申しわけないが、謝罪もしばし引っ込めて話を最後まで聞こうと決めた。

「尚平は生涯結婚しない……このことは、あのひとも納得していたんだよ、初めはね」

すっかり冷めたコーヒーに、小柳さんは手を伸ばした。口のなかが干上《ひあ》がったらしい。口を湿《しめ》してから話に戻った。

「おれはそのことで、彼女から何度も相談を受けた。尚平とどれだけ一緒にいても、一度も部屋に招いてくれないとも嘆《なげ》かれた」

確かに叔父は他人を自宅に招かない男だった。甥のわたしですら、部屋に招き入れられたのは三度しかない。

どの部屋にも塵《ちり》ひとつ落ちてなかった。

ひとが暮らす家というよりは、モデルルームのような印象を受けた。

クローゼットに吊《つ》るされた、プレスの利《き》いた何着ものジャケット。あれはまるで、売り場の商品のように感じた。

叔父が創り出した、無機質な住居。

他人を招き入れることには、苦痛すら感じたのかもしれない。

「どんなに尚平を想《おも》っても、大事なところで扉を閉ざしている。タレントなんかさっさと引退し、尚平の子どもを授かって育てたいと何度も泣かれた。歳もすでに30半ばに差し掛かっていた彼女は、ひたむきに尚平を想っていたんだよ」

小柳さんが、再び口を閉じた。

＊

小柳透《とおる》は連れ合いを失ったあと、一度として再婚を考えたことはなかった。

高倉尚平は小柳とは逆で、常に複数の女性が近くにいた。

タレントの森下由美《もりしたゆみ》もそのひとりだった。由美は本気で尚平との結婚を望んだ。が、尚平にはその気がなかった。

由美はつらい思いを小柳に打ち明けた。何度も相談を持ちかけられ、目の前で泣かれているうちに、小柳は由美にこころを動かしてしまった。

由美となら再婚したいと想ったことが相手に伝わり、ふたりは一線を越えた。

小柳と由美が初めてベッドを共にした夜、尚平は何度も小柳の事務所にも自宅にも電話をかけ続けた。

携帯電話には30分ごとに電話した。

尚平の電話番号が表示されたとき、小柳は電話に出なかった。

翌日の午後、小柳は尚平と逢《あ》って自分の口で成り行きを説明し、許しを乞おうとした。

しかし尚平は小柳、由美の両方と関係を断ち切った。

嫉妬《しっと》に狂った自分の姿を小柳と由美に見せたくはなかったからだ。

しかし抑え込めると考えた嫉妬の炎の大きさは、尚平の想像を遥かに超えていた。

御《ぎょ》す術《すべ》を失った尚平は、炎の下僕《げぼく》となるほかに道はなかった。

小柳と由美の逢瀬を尾行し、監視までした。

しかもそれに止まらず、興信所に素行調査を依頼し、報告書も受け取った。

同じものを小柳に突きつけて、由美と別れるようにと調査員に迫らせた。

小柳は何度も尚平に接触を試みた。

すべてを尚平は拒んだ。

＊

小柳さんの話を聞き終えたとき、わたしは息をするのも億劫《おっくう》に感じた。

叔父はまるで逆の記述をしていたのだ。

尾行したのは叔父だった。

『Kはあの豪雨に打たれながら、ふたりを見張っていたのではないか……』

叔父は驟雨《しゅうう》に打たれながら、立ち尽くしていたのか。

この夏のゲリラ豪雨は凄まじかった。

空がいきなり墨色に濁り、青白い稲妻が空を切り裂いた。打たれると痛いと感じたほどの、大粒の雨。

猛暑のなかでもジャケットを着用していたあの叔父が……。

ずぶ濡れになり、血走った目でレストランの窓を凝視している。

プレスの利いたズボンも、短くカットした銀髪も、雨でよれよれだ。

あれほど着るもの、履くものにこだわっていたひとが、ぼろぼろになった自分を無防備にさらけ出していたとは……。

今度はわたしが目を閉じて、日記の記述をなぞり返した。
驟雨を書いていたのは9月1日だった。
そうか！
目を閉じたまま、胸の内で得心した。
なぜ叔父が倒錯した記述をしたのか。
そしてなぜ、四日分をまとめて書いたのか。
それが、いま分かった。
叔父は8月31日の時点で、小柳さんと森下さんとの関係を確信した。
メモにあった通り、まさに『ここから』だ。
叔父は森下さんを想いながらも、自分のすべてをさらけ出すことができなかった。
結果、彼女は小柳さんにこころを移した。
そうなって初めて、叔父は彼女への執着に気づいた。
レストラン、羽田、赤坂のホテル……。
叔父はふたりを監視した。その間は気持ちが荒《すさ》んでいて、日記など書けるわけがない。
9月3日の夜、叔父はみじめだった四日間の自分を振り返った。
あれほど誇り高かったひとだ。

たとえ自分しか読まない日記でも、尾行や監視をする自分を、ありのままに記すことが許せなかったと思う。

倒錯した記述は、これしかない叔父の選択だったのだ。

だとすれば、今朝読んだばかりの10月7日の記述は、叔父が自殺を決意するに至る気持ちを書いたものではなかったのか。

森下さんと暮らす家に、叔父と和解した小柳さんが訪ねてくる。飯を食い語り合うが、ふたりは昔のままではない。

あの記述はすべて、叔父が自分の姿を想像し、逆転させて書いたことなのだ。

想像しただけで気持ちが折れたに違いない。

目を開いて小柳さんを見た。

叔父ではなかった。

小柳さんのほうが、叔父の大事なひとを横取りしたのだ。

叔父は誇りのために殉死《じゅんし》した。

自分に課した生き方を貫《つらぬ》き通すためにバイクのスピードを緩めず、覚悟を決めてフェンスに激突した。

その瞬間の叔父を想うと、目の前にいる小柳さんに憎しみすら覚えた。

＊

「小柳さん、Mさんとはいま、どうなっているんですか？」

わたしはあえてMさんと呼んだ。

「いまでも続いてるんですか？」

小柳さんの沈黙に気が昂《たか》ぶってしまい、さらにきつい口調で質《ただ》した。

それでも小柳さんは黙っていた。

彼女とはまだ続いていると、小柳さんの沈黙で確信した。

強い怒りに絡みつかれたわたしは、持参した日記を読ませようかと思った。

読ませるなら8月31日からの五日間だけで充分だ。記述が倒錯しているだけに、読んだときの衝撃は大きい。

叔父はわたしにそうさせたくて、この日記を送ってきたのか？

まさか！

浮かんだ考えを強く恥じた。

立て続けに2本の煙草に火をつけたら、煙が小柳さんの方に流れた。

煙を手で払い、小柳さんが口を開いた。

「俊介くん」

遠慮気味に呼びかけてきたが、わたしは返事をしなかった。

「こんなことは言うべきではないし、言えた義理でもないんだが」

わたしを見る小柳さんの目が光を帯びた。

「おれは尚平の事故は自殺だったんじゃないかと、今日までずっと悩んできた」

「なぜ叔父が自殺したと思うんですか」

わたしの声は凍《こご》えていた。

「尚平は自殺するようなやつじゃない、あれは事故だと思いたいが、おれは自分を騙《だま》せない。事故の何日か前に、娘が築地で尚平と出会ったんだ」

「ええっ！」

また甲高《かんだか》い声を出してしまった。

叔父が築地で出会った懐かしい顔というのは、小柳さんの娘さんだったのか。

「尚平はおれの様子を心配したそうだ。元気ならいいが、よかったら電話をくれと伝えてほしいって」

小柳さんの両目が、込み上げるもので膨らんで見えた。

「おれはすぐにでも電話したかった。連絡をくれと言われて、本当に嬉しかった」

しかし小柳さんは電話をしなかった。

「電話してなにを話せばいいんだと、ぐずぐず迷ってるうちに、あの野郎、勝手に死にやがった」

小柳さんの両目から涙が落ちた。

「おれが娘の伝言を無視したと、尚平は誤解したんだよ。あのあと、幾日もおかずに事故を起こしている」

涙声で、しかも大きい。隣の女性がまた尖った目を向けてきたが、わたしは無視した。

「あれが事故なもんか。自殺だよ、おれが尚平を殺したんだ」

その通りだと言いたかった。

小柳さんが10月6日に電話をくれていたら、叔父は思い止まったかも知れない。だが、叔父は小柳さんを大事な相手だと書き残している。いまさら日記を読ませて責めたりするのは叔父の望むことではない。

「小柳さん」

呼びかけたわたしの声には、温もりが戻っていたと思う。

「日記の、この部分を読んでください。叔父が事故を起こした日の記述です」

わたしは10月8日が左ページであることを覚えていた。ここを開いて見せれば、それ以前の記述は分からない。

小柳さんは何度も何度も読み返した。読んでいるうちに涙が止まらなくなったのだろう。日記をテーブルに置いて、白いハンカチで目頭を押さえてしまった。

何度もわたしの方を見ていた女性客が、気味悪そうな顔をして席を立った。

小柳さんが落ち着きを取り戻したところで、わたしから話しかけた。

「ぜひ叔父の墓参りに行ってください」

まだ濡れている小柳さんの目が、驚きで見開かれた。

「あのかたと、おふたりで」

穏やかな声で言葉を続けた。

「叔父はあなた方を恨むような、小さい男ではありません。それは小柳さんが一番ご存じでしょう」

「ありがとう」

小柳さんの物言いからは、閊《つか》えのとれた安らぎのようなものが感じられた。

ここに来たときとはまるで違う気分で、わたしは、胸を張るようにして立ち上がった。

小柳さんは駅前広場まで送ってくれた。

「あっ、そうか！」

下北沢の駅舎に向かう道々、大きな疑問が突然解けた。

＊

叔父は、おれに賭けたんだ。

あの日記を読んだら、かならず小柳さんに接触する、と。

おれたちが会って話せば、日記の記述が逆であることが分かる。

叔父の真の賭けはここからだった。

真相を知ったおれがどうするか。

小柳さんに日記の内容を話せば自責の思いにかられて、Mさんとの仲は壊れるかもしれない。

しかしおれが日記の中身をばらすのは、小柳さんとMさんとが幸せそうに生きているのを見たときだと、叔父は推測した。

おれは叔父の読み通りの反応を示した。

ばらすのを思い止まったのは、小柳さんが、叔父は自分のせいで自殺したのではないかと、いまでも苦しんでいたからだ。

だからおれはすべての口を閉じた。

＊

小柳さんが心配そうに見ている。

「どうした、俊介くん」

正味でわたしの様子を案じていた。

「なんでもありませんから」

駅前広場の小さな噴水の周囲が、派手な色彩のウェアで埋まっていた。

ここは若者の街だった。

「本当にありがとう」

小柳さんは、わたしの手が壊れそうになるほど強く握った。

「それじゃあ、またいつか」

小柳さんは人混みの中に紛れ込んだ。

別れてから、わたしは噴水の縁《へり》に腰をおろして、さきほどの続きを考えた。

叔父は小柳さんが自殺ではないかと悩むことまで分かっていた。だから最終ページの記述は実名で記した。

成り行き次第では、この部分を小柳さんに読ませるかもしれないと先読みしていたのだ。

「これですべてが片づいたでしょう?」

はっきりと声に出してつぶやいた。

若者には他人のつぶやきなど関係がないらしい。目を向けてきた者はいなかった。

階段下まで進み、携帯電話を操作した。

「高倉デザイン事務所でございます」

潤いに充ちた和美の声だ。

「いま終わったよ」

「どこにいるの?」

「下北沢だ、すぐに帰る」

「待ってる」

「和美……」

「なあに……どうしたの?」

「ふたりでゆっくり話をしよう」

「どんなことを?」

「きのうの夜、おまえが友達から相談されたのと同じことを、さ」

息を呑んだ様子が伝わってきた。束《つか》の間《ま》の沈黙のあと、和美が答えた。

「だったら早く帰ってきて」

携帯電話をポケットに仕舞《しま》い、駅の階段を3段飛ばしで駆け上がった。

秒読み

機内食のトレイが片付けられたテーブルに、日本酒のカップ酒と、食塩の入った小袋が並んでいた。

気流が安定しているのだろう。香港《ホンコン》に向かうＢ７６７は機体後部のエコノミー座席でも、カップ酒が揺れもせずに立っていた。

２０１３年もあと僅《わず》かの12月12日、午前中に参列した告別式で、会葬礼状と共に受け取った酒と清めの塩だ。

急ぎの旅支度《じたく》をしたとき、考えもせずに機内持ち込みバッグに詰《つ》めていた。

午前10時に斎場で始まった式は、正午前に厳粛《げんしゅく》さに包まれて終わった。

代々幡斎場《よよはたさいじょう》で執《と》り行われた昨夜の通夜《つや》に、大半の焼香《しょうこう》客が参列した。

告別式参列は近親者、それに格別に故人と親しかった者に限られていた。

「骨上《こつあ》げまでの間に昼食を」

強く勧《すす》められたが、あとの予定が詰まっているからと断った。

辞去《じきょ》する口実ではない。午後５時発の便で香港に行くことを決めていた。

急ぎ事務所に戻ったあとは、旅支度を調《ととの》えて成田《なりた》に向かうリムジンバスに飛び乗った。

わたしの店は日本橋蛎殻町《にほんばしかきがらちょう》にある。成田・羽田《はねだ》に向かうリムジンバスのターミナルまでは徒歩でも10分で行けた。

バスを待つ間に、航空会社の予約センターに電話した。

「いま成田に向かっている。午後5時発の香港便を1席、お願いしたい」

今日香港に旅立つかも知れないとは、先月から察しがついていた。もしも行くことになったら、空港で直接航空券を購入しようというのも、そのとき決めていた。

案《あん》の定《じょう》、今日の旅立ちとなっても慌《あわ》てなかった。手早く身支度を調えたあとは、コートも羽織《はお》らずにバスに乗った。

12月だというのに、今日は暖かだ。厚手生地《きじ》の喪服《もふく》で焼香を待つ間に、腋《わき》の下には汗を感じたほどだ。

ましてや向かう先の香港は、東京よりも5度は気温が高い。コートは不要だった。

当日予約の客は各種の割引とは無縁で、正規運賃を払う上客だ。

「クラスはいかがいたしましょうか？」

オペレーターの応対も愛想《あいそ》がよかった。

「エコノミーがほしいが、なければビジネスでも仕方がない」

高い席は願い下げだと声の調子に込めた。

「エコノミーでご用意させていただきます」

クレジットカード番号を告げて、予約は完了した。

搭乗手続きを終えたのは午後4時過ぎ。

出国手続きを終えたあとは、急ぎ足で搭乗便のゲートへと向かった。

便は定刻に出発した。

滑走路に向けて動き出したとき、ホテルの予約がまだだと思い当たった。が、クラスを問わなければ部屋は幾《いく》らでもある。

ホテルなんかどうでもいい。一刻でも早く香港の土を踏むこと。

これがなによりも大事だった。

離陸が始まりシートに身体《からだ》を押しつけられた。シートベルトをきつく締《し》め直したが、離陸が怖《こわ》いわけではなかった。

隣の客は明らかに緊張している。肩に力が籠もっているのが伝わってきた。

上昇を続けている機内には、甲高《かんだか》いエンジン音が響いている。この音が、乗客をさらに緊張させるのだろう。

隣の男の息遣いが荒くなっている。

わたしはゆったりとした気分で目を閉じて、身体を背もたれに預けた。

＊

今日の午前中に参列した葬儀は、小海《こうみ》物産社長小海孝夫《たかお》氏の会社葬だった。

通夜は盛大に執り行われた。

わたしは両方で焼香したが、こころ穏《おだ》やかではなかった。

小海氏との間に、なにか問題を抱えていたわけではない。気持ちが穏やかならざるものだったのは、別に理由があった。

小海物産は東京都中央区《ちゆうおう》新富《しんとみ》に4階建ての本社ビルを持つ、海産物専門の中堅商社だ。

わたしは小海物産から約1キロ離れた中央区日本橋蛎殻町で、バイクショップ「野川《のがわ》モータース」を経営していた。

小海物産は築地魚河岸《つきじうおがし》に数多くの得意先を抱えている。営業用に十数台のスクーターを購入してくれていた。

小海氏もわたしも築地生まれで、小・中学校は区内のおなじ学校を卒業した。とはいえ歳《とし》は小海氏が5歳年長なので、一緒に遊んだ記憶はなかった。

が、学校の先生や行事には共有できる想い出が数多くあった。

「校庭は狭《せま》かったし生徒も少なかったが、綱引《つなひ》きのときには燃えたもんだ」

「わたしのときは、生徒がいきなり増えていましたから、綱引きは三交代でした」

小海物産の社長室で、何度も昔話に興じた。

その小海氏が享年《きょうねん》70で、突然、人生の終幕を迎えた。

四十代半ばから、心臓に障害を抱えていたらしい。

らしいと歯切れがわるいのにはわけがある。

商談や雑談で氏と向かい合っていた限りでは、心臓病を抱えている気配は感じられなかったからだ。

心筋梗塞《しんきんこうそく》による突然死だと聞かされたときは、その死因に驚いた。

しかし氏が突然死されたことには、不埒《ふらち》な言い方だが驚きはしなかった。

やはりそうなったか……。

いやな予感がまた的中したことに、心底のうろたえを覚えた。

予感より予知が、適切かもしれない。

小海孝夫氏は２０１３年12月８日の日曜日に死亡するかも知れない……。

わたしは11月15日の朝、突然それを知ることになった。

あの予知を一日も違《たが》えることなく、12月８日午前10時23分に急逝《きゅうせい》された。

焼香をこころ穏やかにできなかった理由とは、このことだった。

しかも忌《い》まわしいことに、見知ったひとの死を予知したのは、わずか半年の間に小海氏で4人目なのだ。

他の3人も亡くなる30日前ごろに、死亡する日は何月何日なのか分かっていた。

わたしは霊感の強い人間でも何でもない。

ある日突然、ひとの死ぬ日を予知する人間になってしまったのだ。

＊

香港までの飛行時間はさほど長くはない。水平飛行に移ると、すぐさま食事サービスが始まった。

機内で飲むウィスキーは美味《うま》さが増している。低い気圧が酒にまろやかさを加えるのかも知れない。

バッグに詰めた小瓶《こびん》を探していたら、カップ酒に手が触れた。

セキュリティチェックで没収され、売店で新たに買い求めたカップ酒だ。

テーブルには置いたのだが、飲む気にはなれなかった。

わたしには止めようがありませんでした、小海さん……。

カップ酒に、胸の内で詫《わ》びていた。

1

わたしは飛行機が怖かった。

過去形なのは、いまはどんなに揺れてもまったく恐怖を感じないからだ。

生まれて初めて飛行機に乗ったのは、旅行会社勤務時代の体験搭乗だった。

すでに40年以上も昔のことだ。

しかしあの日のことは、細部まで鮮明に想い出すことができる。

1966年10月初旬。

旅行会社入社後6カ月の新米社員だった。

東京・新大阪《しんおおさか》間は東海道《とうかいどう》新幹線が3時間10分で結んでいた。

新幹線ひかりは『夢の超特急』と称された。

「大阪まで日帰り出張ができる時代となった」

時速200キロという猛烈な速度に、社会は驚嘆《きょうたん》した。が、大企業役員や幹部社員は羽田・伊丹《いたみ》（大阪）の航空機搭乗を望んだ。

航空機利用できることが、ステイタスとされていた。

わたしが配属された有楽町《ゆうらくちょう》営業所周辺には、大企業の本社ビルが林立していた。出張航空券販売高は、社内でも群を抜いて多かった。

「どうぞ体験搭乗を楽しんでください」

航空券販売が好調の報奨《ほうしょう》として年に四度、札幌《さっぽろ》か福岡《ふくおか》への無料搭乗が供与された。

羽田・千歳《ちとせ》（札幌）便に乗れたのも、体験搭乗旅客としてのことだった。

早朝7時、東京駅八重洲《やえす》口の航空会社カウンターに出向いた。あの頃は八重洲と羽田とを、搭乗客専用バスが30分で結んでいた。

浜松町《はままつちょう》からはモノレールも運行されていたが、搭乗客の多くはバスを利用した。

搭乗客専用バスに乗ることもステイタスだったのだ。

あの朝、航空会社の担当者から航空券を渡され、バスに案内されたとき。

わたしは八重洲の空気を胸一杯に吸い込み、バスのステップに右足を乗せた。

羽田空港に向かうバスに乗るのも、この朝が初めてである。

出発地八重洲の空気を存分に吸いたかった。

体験搭乗者は総勢20名。入社1年未満の新人が大半で、男女半々だった。

バスは貸切だったので、各自が一人掛けで窓際に座っていた。

銀座《ぎんざ》中央通りを走り抜け、汐留《しおどめ》から首都高速1号線に入った。

銀座や新橋《しんばし》は、有楽町とは隣町も同然だ。見慣れていたはずの銀座や新橋の風景が、車窓からは真新しい眺めに感じられた。

バスのエアコンなど、あり得ない時代だ。だれもが窓を一杯に開けて、10月朝の空気を車内に取り入れた。

大井《おおい》競馬場に差し掛かったら、いきなりにおいが強くなった。

「馬糞《ばふん》と干《ほ》し草《くさ》のにおいだ」

だれかの声で、車内がどっと沸《わ》いた。

全員が初搭乗で気持ちが昂《たか》ぶっているのだ。些細《ささい》なことにも沸き返った。

平和島《へいわじま》では、羽田から漂《ただよ》ってくるケロシン（航空機用燃料）臭を感じ始めた。

昭和島《しょうわじま》近くまでバスが進んだとき、離陸待ちのジェット機が遠くに見えた。

ケロシン臭はさらに強まっており、ジェット機が発する甲高い金属音も大きさを増していた。

右列の車窓の先には、羽田の海が広がっている。最終着陸態勢で進入してくるジェット機の真下の海には、多数の漁船が群れていた。

10月初旬の空は、海の根元まで真っ青に晴れていた。

凄《すさ》まじいエンジン音を轟《とどろ》かせて、ＤＣ８ジェット旅客機が降下してくる。網《あみ》を引き上げていた漁師は、旅客機の腹を見上げて睨《にら》みつけていた。

車窓からでも、怒りに満ちた漁師の表情は分かった。

八重洲で乗車してから弾《はず》みっぱなしだった気分に、影が差したように感じたのだが。

羽田へのトンネルを抜けて眼前にターミナルビルが見え始めると、再び気分が盛り上がってきた。

7時30分に八重洲を出たバスは、午前8時ジャストに羽田に到着した。

「これをお持ちください」

航空会社のマークとロゴが印刷されたショルダーバッグを肩から提《さ》げて、チェックイン・カウンターへ進んだ。

搭乗機もダグラスDC8だった。

128人乗りの新鋭ジェット機である。航空会社の配慮で、20人全員が窓側の座席をアサインされていた。

座席番号シールの貼られた搭乗券上部には「札幌行」と大きく印刷されている。

生まれて初めての搭乗券を握り、ショルダーバッグには機内持ち込みタグを付けられて……。

気持ちはすでに、うわの空を飛んでいた。

ハイジャックという言葉すらなかった時代である。搭乗客は手荷物検査されることもなく、ゲートを出たあとはグランドを搭乗機まで歩いて向かった。

旅客機はターミナルビルのすぐ近くに駐機しており、機内へはタラップを上って入った。

搭乗客がタラップ下で記念撮影をしても、だれも眉《まゆ》をひそめたりはしない。

飛行機は特別な乗り物だった。

わたしも機内に入る前に、タラップの途中からターミナルビルを振り返った。

知人がいるわけではなかった。が、ビル展望台の見物客に向かって手を振った。

DC8の座席は通路を真ん中に挟《はさ》んで、3人掛けシートが両側に並んでいた。天井も壁も湾曲《わんきょく》している機内は、まるでトンネルに入ったかのようだった。

が、内装は搭乗客の気持ちが落ち着く色彩で統一されている。閉所に押し込まれたという気にはならずに済んだ。

初搭乗の座席番号はいまでも覚えている。14Aで、窓の外には巨大な主翼が伸びていた。離陸前に行われる客室乗務員の緊急時説明は、40年以上が過ぎたいまと同じものだった。

救命胴衣の着用は、頭からかぶり……。

酸素マスクは必要となれば、自動的におりてくる……。

初めて説明を受けたあのとき、不意にひとつの思いが浮かんだ。

飛行機は落ちることもあるんだ、と。

わたしの飛行機恐怖症の原点は、あの朝、初めて聞いた緊急時説明にあるのは間違いない。

不意に息苦しさを覚えたが、いまさら降りられるはずもない。窓から主翼を見詰めて、両手を固く握《にぎ》り締めた。

滑走路の端へと飛行機は進んでいる。機体が微妙に上下動して、ときどきゴトンッといやな音を立てた。

不安な思いがむくむくと膨《ふく》らんでいた。

窓から見える主翼は小刻みに揺れている。

折れたらどうするんだと、さらに不安感を膨らませた。

「間もなく当機は離陸いたします。座席ベルトをいま一度、しっかりとお締めください」

アナウンスに呼応するかのように、あちこちで乗客が動いた。

わたしは身動きできないほどに、ベルトを強く締めつけた。

ゆっくり走行していた飛行機が、大きく回転した。

ゴオオオッ。

エンジンが突然、咆哮《ほうこう》を始めた。

窓がビリビリ震えだし、座席にも振動が伝わってきた。固く握り締めた両手は、離陸前からすでに汗に濡《ぬ》れていた。

ついに飛行機は離陸滑走を始めた。

エンジン音がひときわ甲高くなり、疾走《しっそう》が始まった。座席に身体が押しつけられた。

さらにきつく締めなくてはと、右手でベルトの端を引っ張った、そのとき。

機内前方がグイッと持ち上がった。

まさに地べたを離れる「離陸」だった。

主翼の隙間《すきま》から見える羽田空港が、急速に小さくなっていた。

上昇につれて、見える景観が拡大していく。1秒ごとに、目にできる範囲が大きくなった。

つい今し方感じた怖さを忘れて、離陸が創り出す眺望《ちょうぼう》に見とれていた。

しかしその楽しさは、僅かな秒数でしかなかった。

羽田の手前でバスから見た空には、根元まで雲はなかった。しかし札幌に向かう空には分厚い雲がかぶさっていたようだ。

DC8は上昇を続けながら雲に突入した。

窓の外が灰色に濁《にご》り、暗くなった。

そして大きな揺れがきた。

ズドンッと落ちた直後に、グググッと凄まじい勢いで持ち上げられる。

体験したことのない上下動の反復に、左右の揺れまで加わった。

離陸して幾らも経《た》っていないのに。

「飛行機は離陸と着陸の時が一番危ないからな」

昨日先輩から聞かされた脅《おど》しが、いま現実となっているとしか思えなかった。

「特に離陸のときは、目一杯のパワーで飛び上がっている。そんなとき、なにかが起きたらどうにもならない」

先輩が口にしたことを思い出したら、血の気が引いた。

「気流のわるいなかを上昇しており、揺れが続いていますが、当機の安全には何の支障《ししょう》もございません」

客室乗務員のアナウンスをあざ笑うかのように、さらに激しい揺れがきた。

機内は静まり返っている。聞こえるのはエンジン音だけだ。

息苦しさが募《つの》り、窓の外を見た。

主翼が上下に揺れていた！
壊れるなと強く願いながら翼を見続けた。
主翼の揺れがひときわ大きくなったとき、深い穴に落ちたような激しい下降となった。
直後、毛髪を摑《つか》まれて引っ張り上げられるような、凄まじい上昇に見舞われた。
「キャアッ」
機内後部で女性の悲鳴があがった。
気圧の急激な変化で耳が詰まっている。
鼻を摘《つま》み、耳に力を込めた。
ボコンという音を感じて、詰まりが抜けた。
こどもの泣き声も後方から聞こえてきた。
「落ちるよう、怖いよう」
甲高い声が耳に突き刺さってくる。わたしは両方の耳を押さえようとした。
突然に。
まさに突然、窓の外が明るくなった。
大きな青空が広がっている。始末のわるい雲を突き抜けたのだ。
雲の上に出たら、激しかった揺れが呆気《あっけ》なく消え失《う》せた。

飛行機は水平飛行に移り、主翼の揺れもほとんど分からなくなっていた。

緊張の極限にあった機内の気配が、大きく和《やわ》らいだのが察せられた。

札幌まで1時間半のフライトは、このあとはすこぶる平穏《へいおん》だった。

千歳空港でタラップから降りたとき、思ったことはひとつだけだった。

どうか帰りは揺れませんように。

2

目的地は快晴。搭乗機は千歳空港にすこぶる滑《なめ》らかに着陸した。

「ブラボー！」

外国人旅客が声をあげ、拍手した。

それほどに見事な着陸だった。

バスで向かった札幌市内では、航空会社スタッフの案内で名所を巡《めぐ》った。

昼食はホテルのダイニングルームに用意されていた。

「空の旅はいかがでしたか？」

とっておきのスマイルを浮かべた営業マンが、あれこれと問いかけていた。

わたしは目を伏せて、その問いをやり過ごした。あの揺れを思い返すと、とても答える気分にはなれなかった。

ところが離れたテーブルから、明るい声が発せられた。

「離陸の時って、身体がふわあっと浮いた感じになるでしょう?」

話す女性の声は、ふわふわしていた。

「あんなのって、今朝初めて体験しました」

言い終わるのを待っていたかのように、別のテーブルから声があがった。

「羽田を飛び立ってから、グググッと昇ったり降りたりしましたよね?」

制服姿の男性社員が、ひときわ大きな声で話し始めた。

「あの感じって、ジェットコースターなんかより、何倍も楽しくて、もう、最高の気分でした!」

弾んだ声が耳に突き刺さってきた。

バカ言うな、どこが最高の気分だ。

胸の内で毒づき、周りを見た。

驚いたことに、多くの者がほころび顔でうなずいている。

仲間のなかで、自分ひとりが取り残されたような気分だった。

怖がってばかりいた自分に、猛烈に腹が立った。

「帰りはおれも楽しむぞ」

この決心を、ランチのハンバーグと一緒に身体に押し込んだ。

体験搭乗は日帰りである。

千歳発羽田行きの最終便に搭乗した。

たとえどれほど揺れても、ジェットコースターだと思って楽しもうと決めていた。

強い決意が通じたのか、離陸もその後の上昇も、巡航高度での水平飛行も、まったく揺れないままに飛んでくれた。

窓の外は深い闇である。

主翼の先端で瞬《またた》くランプの美しさに、見とれていられるゆとりができていた。

決意ひとつで怖さは退治できる。

まだ二十代の若造が自慢げに鼻をひくひくと動かした、まさにそのとき。

着陸態勢に入った機がパワーを絞《しぼ》ると、忘れていたあの揺れが戻ってきた。

いきなり動悸《どうき》が生じた。

こぶしに握った両方の手のひらが、たちまち汗ばんだ。

怖いと思う気を退治するどころではない。

揺れに対する恐怖心は、朝の離陸時以上にでっかく膨らんでいた。

＊

翌年1月、八丈島《はちじょうじま》で開催される観光誘致コンベンションへの出席を命じられた。まだまだ新人に近いわたしが、一人前の顔で出られる催《もよお》しではなかった。が、所長も先輩たちも日程調整ができなかった。

「八丈島観光のつもりで出席してこい」

先輩に強く背中を押された。

あのころの八丈島便には、羽田から双発プロペラ機・フレンドシップが就航していた。機体上部に主翼があり、どの座席からでも眼下《がんか》の景観が楽しめる。これが売り物だった。

ジェット旅客機に比べて、巡航高度は低い。雲の影響をまともに受けたこの便は、乗っている間、揺れ続けた。

怖がる乗客は、わたし以外にもいた。狭《せま》い客席のあちこちでため息が漏《も》れていた。

雲のなかに入ると、機内が暗くなった。

あと15分で着陸する。我慢だ、我慢。

手のひらを汗で濡らしながら、わたしは腕時計の秒針を見詰めた。

一泊した帰り便も羽田までの1時間、揺れに揺れた。観光協会からみやげにいただいたハイビスカスの花束も、膝のうえで上下に飛び跳ねていた。

＊

初めて海外旅行の添乗《てんじょう》を命じられたのは、入社四年目の夏。十二日間でヨーロッパを旅する、25人の団体旅行だった。

先輩のアシスタント役で、スイスとフランスの2カ国を巡《めぐ》る行程だった。

この添乗は羽田出発直後から、きつい出来事が立て続けに生じた。

北極回りのパリ行きは、まずアラスカ・アンカレッジ空港に向かった。

夏のフランスは、だれもがバカンスを楽しむというお国柄だ。パリのショップは大半が休業しており、ショッピングもままならない。

しかしあの時代の日本人には、パリのシャンゼリゼを歩けることが夢だった。

25人は全員が化粧品の訪問販売セールス・レディだ。日頃は顧客に尽《つ》くしている反動で、添乗員には要求がきつかった。

夏の東京は台風の直撃を受けていた。

羽田を飛び立つなり、ジェット機は激しい揺れに襲いかかられた。

ベルト着用サインが点灯したままで、客室乗務員も着席していた。

そんな大揺れの機内に、セールス・レディたちの甲高い声が飛び交《か》った。

「いつまで揺れるのよ」

「あなたも添乗員なら、揺れないように飛べって、機長にそう言いなさい」

「いつになったら、あたしに飲み物を出してくれるのよ」

セールス・レディたちの物言いには遠慮がなかった。

4発ジェットのDC8の、エコノミークラスの定員は88席である。25人のセールス・レディが一斉《いっせい》に文句を言い出すと、他の乗客が眉をひそめた。

台風の影響が失せるまでの2時間、わたしはひどい揺れと、セールス・レディたちの容《よう》赦《しゃ》のない声の両方にさいなまれ続けた。

アンカレッジで給油後は、目的地までノンストップである。

パリまでのおよそ9時間、フライトは激しい揺れに何度も遭遇《そうぐう》した。

機内では客室乗務員がサービスにあたるので、添乗員は余計な動きは控《ひか》えた。

狭い機内で勝手に動けば、安全面でも支障を来《きた》す恐れがあった。

とはいえ、顧客個々の入国カードの記載内容を確認したり、セールス・レディたちの要望をうかがったりと、小さな仕事は幾つもあった。

パリまであと3時間のあたりから、小さいながらもいやな揺れが続き始めた。

わたしは肘掛《ひじか》けを強く握り、荒い息を繰《く》り返していた。

「いやな揺れが続いている」

先輩に肘で突っつかれた。

「ベルト着用サインが点灯する前に、ひと回りしてお客様の様子を確かめてこい」

先輩から指図されても、わたしは立つことができなかった。

「言ったことが聞こえなかったのか」

先輩の声が尖《とが》っていた。

チーフ添乗員の指図には直《ただ》ちに従うのが、アシスタントの務めだ。なんとか立とうとして腰を浮かせたとき、一段と強い揺れがきた。

ピンピン。

注意を促《うなが》すチャイムが響き、ベルト着用のサインが点《とも》った。

「馬鹿野郎！」

大きな舌打ちをした先輩は、眉間《みけん》に深いしわを刻《きざ》んでいた。

まだ旅は始まったばかりで、目的地にすら到着していなかった。が、このあとの先輩は、まともに口をきいてくれなくなった。

「途中で帰すこともできないが、おまえとは二度と添乗はしない」

チェックインしたあと、ホテルの客室で宣告された。

怒りを鎮《しず》めてもらいたくて、地上では懸命に立ち働いた。

十二日間の行程には、3回の飛行機移動が含まれていた。

いずれも1時間足らずの短いフライトだったが、申し合わせたかのように揺れた。

わたしは肘掛けを摑み、身体を硬くした。

フライトの揺れの埋め合わせをするかのように、バス移動では上天気に恵まれた。

身を粉《こ》にして尽くしたことで、セールス・レディたちの評判は上々だった。

しかし先輩の評価は厳しかった。

「わずかな揺れにも怯《おび》えてしまう」

「こわばった表情が、顧客を不安にさせる」

まるで使えない添乗員だと、先輩に断じられた。

10年間の在社中、国内線・国際線を問わず何十回も搭乗した。が、怯える気持ちをコントロールすることはできずにいた。

11年目の春、わたしは飛行機怖さが克服《こくふく》できなくて会社を辞《や》めた。

3

昨年6月、メーカーの報奨招待旅行で香港四日間の旅に出た。

飛行機は怖いが、海外旅行は嫌いではない。店の経営が落ち着いてからは、毎年数回は海外に出かけていた。

この年は全国から300店のバイクショップが招待されていた。

旅行期日を自分の都合に合わせて選べたので、6月発のツアーを選んだ。

ボーナス商戦目前という日程ゆえか、参加者は12名と少なかった。

指定された集合場所では、旅行会社添乗員とメーカー社員が待っていた。

すでに全員が集まっており、添乗員は同室相手にわたしを引き合わせた。

長野《ながの》県松本《まつもと》市のバイク店オーナーで、緒形西周《おがたせいしゅう》氏だと紹介された。

白髪で長い眉が特徴の小柄な人物。70歳を大きく越えている年恰好《かっこう》に見えた。

「日本橋で野川モータースをやっている野川桂治《けいじ》です。四日間、よろしくお願いします」

年長者への礼儀として、わたしから先にあいさつしたのに……。

わたしを見る緒形氏の両目が、鋭い光を帯びた。初対面の相手に向ける目ではなかった。

その目に違和感を覚えたわたしは、一歩後ろに下がった。

ところが緒形氏は逆に一歩を踏み出し、間合いを詰めてきた。

「あんた、飛行機が怖いじゃろう」

なんの前置きもなく、こう言ってのけた。

事実だが、他のメンバーもいるのだ。

しかも初対面の相手に言うには口調が偉そうだし、無礼ですらある。

わたしは返事をしなかった。

緒形氏はまるで意に介《かい》さず、さらに間合いを詰めてきた。

身振りで、わたしに身を屈《かが》めろと指図した。仕方なく応じたら、耳元でささやいた。

「心配せんでもええ。どんなに揺れても、今日の飛行機は落ちやせんからの」

これだけ言うと、緒形氏は知らん顔でスナックスタンドの方に歩み去って行った。

あんな人物と3泊も同室するぐらいなら、このまま帰ろうかと強い腹立ちを覚えた。

しかしここで短気を起こしたら添乗員や、旅に同行するメーカー社員にも迷惑をかけることになる。

出発直前に生じたトラブルが、どれほど主催者と旅行会社に痛手となるか。

遠い昔の添乗員経験で分かっていた。

気を取り直したあとは、一足早く出国審査場へと向かった。香港到着までは、緒形氏と離れていたかったからだ。

パスポート審査は簡単に終わり、搭乗ゲートへと向かった。出国手続きを終えたツアー仲間たちが、免税売店で買物をしている。

香港に行くのに、なにも成田で買うこともないだろうにと思いつつ、先へ進んだ。

ガラス窓の向こうには、B777が並んで見えている。機体は美しいが、後ろに見える空は鉛《なまり》色をしていた。

また揺れるのかと、気持ちが重く沈んだ。

今回はタイ国籍の航空会社を利用するらしく、フライトは台北《タイペイ》経由である。

経由便利用は、事前に受け取った日程表で分かっていた。いざ出発となると、空の色の重たさが気分を塞《ふさ》いだ。

経由地の台北が悪天候なら、ひどい揺れの離着陸を味わう羽目になる。

わたしは歩きながら、自分の頬《ほお》を両手で強く挟んでカツを入れた。

不安を先取りしてどうする！

手に持ったボーディング・パスで、搭乗ゲートを確かめた。座席も分かった。

座席番号は21Bだった。

B777エコノミー席のBは、3人掛けの中央だ。席を立つには、通路側のひとへの断りが必要となる。

座席もツイてないのか……。

胸の内で舌打ちをしながら搭乗ゲートに着いた。ゲートに来たら、搭乗機がエアバスだと分かった。

エアバスのB席は通路側である。

これは幸先《さいさき》がいいと、つい今し方の舌打ちも忘れて喜んだ。

「あんたも、えらい早いのう」

背後からの声に驚いて振り返ったら、あの白髪頭が鋭い眼でわたしを見ていた。

「台北までは揺れるじゃろうが、わしが一緒に乗っとる限り心配いらん」

相変わらず横柄《おうへい》な口調である。

込み上げてきた嫌悪感を押し潰したら、その音が聞こえたらしい。

「わしを嫌っとるようじゃが、台北に降りるころには、あんた、変わっとるぞ」

緒形氏はゲートの隅《すみ》へと移って行った。

ますます緒形氏への不快感が募った。

得体の知れなさの度が過ぎるようなら、一人部屋を手配してもらおう。

こう思い定めて搭乗開始の案内を待った。

緒形氏が近寄ってくる様子はなかった。

搭乗案内が始まっても、すぐには列に並ばなかった。

緒形氏の搭乗を見送ってから腰を上げた。

機内までの短い歩きのなかで、不意に胸騒ぎを覚えた。

もしや21Aの乗客は……。

不幸にも図星で、窓側には緒形氏がすでに座っていた。

いまさら席を変えろと文句も言えない。

緒形氏もわたしの態度に含むところがあるのだろう。こちらを見もせず、窓から外を眺めていた。

搭乗機は定刻通りに離陸した。そして離陸と同時に、地獄の釜のふたが開いた。

成田から鹿児島《かごしま》の果てまで、日本の上空には低気圧が居座っていた。空には何層もの厚い雲があり、気流の乱れが機体を翻弄《ほんろう》した。

急下降と急上昇、それに続く激しい左右の揺れ。

あらゆる種類の揺れが間断なく続き、ベルト着用サインも消えない。客席の方々《ほうぼう》から短い悲鳴があがり、その声が乗客の不安を増幅させた。

「ベルト締メナサイ。ユレテモヒコオキ、ダイジョウブデス」

タイ語・英語・中国語のあとに、ひどい訛《なま》りの日本語を聞かされた。命令口調の日本語の繰り返しに、神経がささくれだった。

離陸から20分が過ぎたとき、揺れ方が小さくなった。が、まだ揺れは続いていた。

そんななかでベルト着用サインが消えて、食事サービスが始まった。

食べる者などいるのかと、周りを見た。

驚いたことに、多くの乗客が顔を歪《ゆが》めながらもテーブルを引き出していた。

サービス・カートがそばに来たとき、もちろん食事は断った。ところが隣の緒形氏は平然とトレイを受け取り、中国語で客室乗務員になにかを頼んだ。

このひとは、いったい？

緒形氏の長い眉を見ていたら、客室乗務員が赤ワインの小さなボトルを緒形氏に手渡した。

受け取った氏は、わたしを完璧に無視している。ぶり返してきた揺れのなかで、悠然とワインをプラスチックのコップに注《つ》いだ。

「この先は、もっと揺れるぞ」

ひと口飲んだ緒形氏は、機内で初めてわたしに話しかけてきた。

「今朝の天気図じゃと、九州の先は台湾坊主《たいわんぼうず》の勢力範囲に入っとった」

「なんですか、台湾坊主とは」

我知らず訊《き》き返した。

「小型の台風のことじゃ。台湾坊主からの低気圧がずうっと空を覆《おお》っとる」

緒形氏は、またワインに口をつけた。

「いまはああやって飯を食っとる連中も、この先ではえらいかも知れんのう」

「そんなに凄《すご》く揺れますか」

わたしの口調がていねいになっていた。

「揺れる」

氏はきっぱりと答えた。

「じゃが、さっきも言うた通り、この飛行機は落ちゃあせん」

緒形氏の顔が横向きになり、わたしの両目を見詰めた。

「あんたの隣にはわしがおる」

氏が言い終わらぬうちに、ズドンッと機体が落下した。テーブルに載っている氏のトレイが浮き上がった。

しかしコップは倒れなかった。

落下のあとには、凄まじい上昇が襲いかかってきた。巨大なクレーンで、身体を摘《つま》み上げられたかのような昇り方である。

下降では毛髪が逆立ち、上昇では床がせり上がってくる気分だ。

飛び交う悲鳴には、男の声も混ざっていた。

猛烈な上昇と下降を10回以上も反復した後、機体が左右に大きく揺れ始めた。

ここでやっとチャイムが響き、ベルト着用サインが点灯した。

客室乗務員たちは大慌てでカートをギャレイに押し戻し、シートに座り込んだ。

日本語以外のアナウンスが、切迫した口調でなされている。

「緒形さん、あれは何と言ってますか?」

訊《たず》ねたとき、機が激しく落ちた。

わたしは力まかせに肘掛けを摑んだ。

「わしにも分からん。どうせろくなことは言っとりゃあせん。気にするな」

氏はいささかも動揺してはいなかった。

奇妙にも氏のトレイ、カップとも、あれだけの横揺れにもびくとも動いてなかった。

揺れる機内で平気を装《よそお》って本を読むふりをしたり、目を閉じて寝たふりを決め込む者がいる。

　そんな連中はすぐに分かる。

　読んでいるページはまったくめくられないし、眼は閉じていても、手のひらがこぶしに握られていたりするからだ。

　緒形氏は違っていた。

　どんなに激しく揺れても、まるで緊張感が伝わってこない。

「あんた、わしのこの手を握りなさい」

　老人斑《はん》の浮いた右手を差し出してきた。

　握るのをためらっていたら、さらに激しい落ち方をした。

　方々から悲鳴があがった。

　わたしは氏の右手を摑んだ。

　鋭く細くなった眼でわたしを見据《みす》えた緒形氏は、右手に力を込めた。

「こ・れ・で・怖・く・な・く・な・る」

　呪文《じゅもん》を唱えるように、一語ずつ区切って小声を発した。

　いまでも、あのとき体験した衝撃は忘れられない。

　突然、恐怖心が消え去ったのだ。

機体は相変わらず激しく揺れていたのに、わたしは落ち着いていた。

虫歯の激痛が鎮痛剤で消滅したあとの、あの至福感。そんな感覚を味わっていた。

「飛行機は、いつ落ちるかも知れんという怖さを抱え持って飛んでおる」

ひっきりなしに悲鳴があがる機内で、氏は静かな口調で話を続けた。

「だから揺れるとだれでも怖がるが、新幹線が大揺れしてもひとは怖がりはせん」

「その通りです」

答えたわたしの声も静かだった。

「飛行機もおんなじでのう、揺れるのが怖いわけじゃない」

落ちるという思いが怖さを煽《あお》り立てるのだと緒形氏は断じた。

「わしはあんたに、怖さを消す気を手のひらから伝えとる。だからいまのあんたは、揺れても平気でおるんじゃ」

緒形氏の眼光が、さらに強くなった。

「台北に着くまで、この揺れは収まらん。握ったままでもええぞ」

こんな奇跡のような体験は、生まれて初めてだった。

氏の手のひらを摑んだまま、周りを見回した。揺れるたびに悲鳴をあげる乗客に、つい先刻までの自分を重ねていた。

台北桃園《とうえん》国際空港には、大揺れしながら着陸した。着陸と同時に機内には拍手が起きた。

「いやあ、凄い揺れ方でしたねえ」

「他の航空会社は着陸を中止して、沖縄《おきなわ》や香港に向かったらしいですよ」

給油整備でロビーに降ろされた乗客たちは、着陸できた安堵《あんど》感から饒舌《じょうぜつ》になっていた。

台北から香港までの1時間は、安定した気流のなかを飛行した。

緒形氏はこの区間でも、新たな赤ワインを賞味していた。

窓から差す光がワインの赤を、血の色に見せているように思えた。

4

シャングリラ・ホテル客室の窓は、どの部屋のものも大きい。

対岸に広がる香港島の夜景を、宿泊客に堪能《たんのう》させるための造りなのだろう。

窓だけではない。部屋も広く、革張《かわば》りのソファーとマホガニー材テーブルの応接セットが、窓の近くに設《しつら》えられていた。

ソファーに身体を沈めた緒形氏の前には、ブランデーグラスが置かれている。氏好みの銘酒《めいしゅ》を、わたしは彼のグラスに注いだ。

「今日は本当にありがとうございました」

心底からの礼が素直に出た。

「今日まで長らく生きてきましたが、あんな奇跡のような体験をしたのは初めてです」

相手におもねっているような、自分の口調が気になった。が、敬《うやま》う気持ちは正味だった。

台北までのフライトのとき、もしも隣に緒形氏がいなかったらと思うだけで、いまでも手のひらが汗ばむ気がした。

氏はグラスにひと口つけると、テーブルに戻した。磨き込まれたマホガニーは、ほの暗い照明のなかでもグラスを映していた。

「あんた、明日はどうするんだ」

夜景を見たままの氏に問いかけられた。

「格別の予定はありません」

この返答で氏は振り返った。

「だったら、わしと一緒に鍼治療《はりちりょう》に行くというのはどうかね？」

「鍼……ですか」

気乗りのしない声で応じた。

鍼そのものが好きではなかった。ましてや知らない土地で初対面の鍼灸師《しんきゅうし》から鍼を打たれるなど、まっぴらだと思った。

「香港の鍼は奥が深いぞ」

わたしを見る緒形氏の眼の光が、異様な強さを帯びていた。

「1時間も前に心臓が止まったという老婆《ろうば》を、1本の鍼で生き返らせたこともある」

「まさか、そんな……」

思わず口を挟んだ。いかにも中国らしい、得体の知れないホラ話に思えた。

緒形氏は気にも留めず、先を続けた。

「あんたが飛行機を怖がるのも鍼で治る。あそこの先生なら、ものの5分で治してくれるじゃろう」

言い終えたあと、氏はソファーから立ち上がった。窓に近寄り、グラス片手に夜景を見ていた。

鍼治療に行くも行かぬもわたし次第だと、氏の背中が告げていた。

香港の鍼は奥が深い……。

今し方、氏が口にした言葉があたまの中を駆け回っている。氏の背中を見詰めているうちに、不思議なことに気が変わってしまった。

「行きます」

きっぱりと答えていた。

「緒形さんもその先生の鍼で、なにか治療されたことがありますか?」

「ある」

夜景を見たまま、短く答えた。

「どんな治療を受けたのですか」

声が相手をせっついていると非礼を承知で、わたしは問いを重ねた。

緒形氏の両目の光り方が、さらに強くなっていた。

「身体を走る神経のなかから、怖いと思う筋をぶちっと切ってもろうた」

答え方はぶっきらぼうである。

成田の搭乗前に、なんと無礼な物言いをする男だと感じた、あの口調だった。

いまではしかし、氏のこの物言いに安心感すら覚えるようになっていた。

とはいえ、いま聞かされたことには大きな違和感を覚えた。

「ひとが恐怖を感ずるのは、脳ではなくて神経なのですか?」

わたしは語尾を大きく上げた。

「難しいことは、わしには分からん」

面倒くさそうな口調だった。

「あんたが、自分の身体で試《ため》せばええだけのことじゃ。わしはあれ以来、怖いと思うことが何にもなくなった」

夜景を背にして、ブランデーグラスを持っている緒形氏。堂々としていて、相手を下に見ているようにも思えた。

その姿が、わたしにひとつのことを想い出させた。

10年ほど前、友人の紹介で精神科医を訪ねたことがあった。

飛行機恐怖症を治療したくて、である。

「あなたの場合は、強迫神経症の典型的な事例ですね」

まだ若造の精神科医は、わたしの話を聞き終えるなり自信たっぷりの口調で断定した。

「強迫神経症を分かりやすく説明すれば、ばかばかしいと知りながらも、ある思考や行為を繰り返さずにはいられないということです」

無理に中断しようとすれば、著《いちじる》しい不安が生ずる症状です……。

説明される内容はともかく、医師の尊大な口調に辟易《へきえき》させられながら聞いていた。

「戸締まりや火の始末、手洗いなどを病的に反復する例があります。この強迫思考が特定の対象に集中したものを、われわれは恐怖症と呼びます」

手洗いを繰り返す不潔恐怖症。

鉛筆の先でも怖いと感ずる尖鋭《せんえい》恐怖症。

わずか10メートルの高さでも怖いと思う高所恐怖症。

他人とは目も合わせたくない対人恐怖症。

幾つも事例を挙げたあと、医師はわたしのケースを引き合いに出した。

「あなたの飛行機恐怖症なども、よく知られた症状です」

得々と精神症一般論を開陳《かいちん》した挙句《あげく》、わたしの症状は100パーセント心因性のものだとの所見を口にした。

「治療するには、原因となった体験にまでさかのぼる必要があります」

精神科医に言われたあの日以来、わたしは他人に飛行機恐怖症を相談するのをやめた。

医者はもっともらしい御託《ごたく》を並べただけで、なにも解決してくれなかったのだが。

鍼1本で恐怖症を治せる鍼灸師がいると、緒形氏は言った。

いつものわたしだったら、香港の鍼灸師に治療を頼むなど、断じて考えなかっただろう。

しかし、今日は奇跡とも思える体験をした。

そんな不思議な体験をさせてくれたひとから「自分の身体で試してみればいい」と言われたのだ。

わたしには断れなかった。

「治療代は幾ら必要ですか」

「それも分からん」

緒形氏はひときわ素っ気《そ　け》ない口調で答えた。

「治療費は患者の人相を見て決めるらしいが、あんた、なんぼなら払えるんじゃ？」

問われて戸惑った。

買い物はクレジットカードだ。キャッシュは2千ドルしか持ってなかった。

「手持ちのキャッシュは2千ドルだけです」

あとはＡＴＭから5千ドルまでキャッシングが受けられると言い添えた。

「充分とは言えんが、なんとかなる」

ホテルにもＡＴＭはある。いますぐ5千ドルを用意してくるようにと指図された。

「それでも足らんようなら、わしが用立てる」

緒形氏も一緒に鍼治療を受けるという。

「明日は身体を使うでの。カネを引き出してきたあとは、もう寝たほうがええぞ」

グラスの残りを飲み干すなり、氏はベッドに潜《もぐ》り込んだ。

直ちにロビーまで降りたあと、米ドル対応のATMから5千ドルを引き出した。部屋に戻ると、緒形氏はいびきをかいていた。

わたしはガラスドアを開き、バルコニーに出た。生《なま》ぬるくて湿った潮風が、湾から吹き上がってきた。

それにしても凄まじい一日だった。

夜景を望みながら、今日を振り返った。

緒形氏の手のひらを握ったあの瞬間、飛行機を怖いと感ずる気持ちがきれいに失せた。

いったい、なぜあんなことが起きたのか。

理屈では説明のつかない、まさに奇跡の体験だった。他人から同じことを聞かされても、わたしは絶対に信じないだろう。

明日、鍼治療を受けたら、もうどんなに飛行機が揺れても怖くなくなるかもしれない。

そうなれば世界中、行きたい国へ好きなだけの旅が楽しめる。

香港など、近過ぎてもったいない。

南米やアフリカ、南太平洋……。

まるで遠足前夜の小学生のように、手すりに身体を預けて興奮していた。

暗い海をフェリーボートが行き来している。

すれ違いざまに吹く霧笛《むてき》が、バルコニーにまで聞こえてきた。昂ぶっていた気持ちが、霧笛の物悲しい響きで鎮《しず》まった。

＊

「おはようございます」

午前6時半に目覚めたとき、緒形氏はすでに着替えを済ませていた。

「わしは5時には目が覚める。飯の前に散歩にでも行かんかね」

ロビーで待っとるぞと言い残して、緒形氏は返事も聞かずに部屋を出た。

わたしは大慌てで洗顔し、着替えを済ませてあとを追った。

ロビーに降りたとき、緒形氏はベルボーイと中国語で話しているさなかだった。氏に見詰められたボーイは、直立姿勢で対応している。わたしが近寄ると、ボーイは敏《びん》捷《しょう》な動きで氏から離れた。

「鍼の時間が早くなった」

部屋に戻り、治療費を持って戻ってくるようにと告げられた。

時刻は午前7時前だし、朝飯もまだだ。身体だって、完全には目覚めていない。こんな状態で鍼治療はつらいと感じた。

しかし緒形氏の指図には逆らえない。

「現金だけでいいんですか？」

不機嫌さを察せられぬよう、穏やかな物言いを努めた。

「カネだけあればええ。いまボーイが車を用意しとるところだ、わしはここで待っておる」

緒形氏は手近な椅子《いす》に腰をおろした。

「すぐ取ってきます」

氏の言いつけ通りに動く自分が、なんだか別人のように思えた。が、決して不愉快ではなかった。

自営業を始めて以来、長らく年長者から指図されることから遠ざかっていた。命令口調で言いつけられ、それに従うことが、いまは快感でもあった。

再びロビーに戻ってきたときには、緒形氏の姿はなかった。

決して長く待たせたわけではない。せいぜい5分だ。

どこにいるのかと見回していたら、先刻のボーイが寄ってきた。

「ドウゾ」

日本語で言ったあと、先に立って玄関へと向かい始めた。

ホテルの玄関には数台のタクシーが客待ちをしていた。ボーイはそれらの車には目もくれず、表通りに向かって歩いた。

海岸通りの外れには、1台の大型車が停《と》まっていた。

ボーイはドアを開けて手招きした。

車はなんと、ロールス・ロイスだった。

磨き上げられたシルバーシャドウⅡである。

とてもこの車に乗れるような身分ではなかった。伝説の名車として、世界の車ファンに知られている超高級車だ。

そのドアが、わたしに開かれるとは！

気後《きおく》れしながらも、ロールス・ロイスに乗り込んだ。

緒形氏はすでに、カーフスキンのシートに座っていた。

腰をおろすと、包み込まれるように身体が沈む。ボーイがドアを閉めたあとは、周りの音がすべて失せた。

「初めて乗りました」

驚きのあまり、気の利《き》いた表現などまったく思い浮かばなかった。

「香港に置いてあるわしの車じゃ」

さらりと言った緒形氏から、もっと深く座れと注意された。

「はい」

答えた声は甲高くなっていた。

緒形氏は無言で前を見ている。

口を開かれるまでは、黙っているほうがよさそうに思えた。

ホテル前の海岸通りをスタートした車は、ネイザンロードへと右折した。大通りに入ったあとは、通りを北上し始めた。

香港一の目抜き通りだが、早朝のこの時刻では人通りもまばらだ。しばらく走っているうちに、白くて巨大で異様な形をした建物が右手に見えてきた。

添乗員が言っていた回教《かいきょう》寺院だと分かった。

目抜き通りのど真ん中に、寺院を建てられる宗教の財力を思い、吐息《といき》を漏らした。

緒形氏は黙ったままである。

わたしは物音の失せた車中から、市内見物を楽しむことにした。

回教寺院に連なるようにして、九龍《クーロン》公園の緑が続いた。やがて緑も終わり、またビルが密集し始めてきた。

この辺りのビルは、いずれも古くて汚れている。壁面には極彩色《ごくさいしき》の看板が目立っていた。

通り両側のビルが古くなるにつれて、行き交う人が増え始めた。

車も多くなってきたが、ロールス・ロイスは別格なのだろう。近づくと、自然に走路が開かれるように思えた。

「次の角で降りる。あとは歩きじゃ」

前を向いたまま、わたしに告げた。

運転手は場所を聞かされていたらしい。緒形氏がなにも指示をしないのに、山東街《サントン》と表示のある角で車を端に寄せた。

運転席から降りたあとは、素早い動作で緒形氏の座っている右のドアを開けた。

悠然と座したままでいた緒形氏は、明らかに車のドアを開かれることに慣れていた。

外に出た氏に、運転手は帽子をとって辞儀《じぎ》をした。

運転手付きの車など、乗ったことがなかった。左のドアを自分で開けようとしたら、運転手は白手袋の人差し指を立てた。

待て、の合図なのだ。

やがて左のドアが開けられて、わたしも車を降りた。目を合わせた運転手は帽子も取らず、見下したような笑みを浮かべていた。

緒形氏はすでに車から15メートルも先を歩いていた。

わたしは駆け足であとを追った。

前日の残飯を漁《あさ》っていた野良犬が、わたしに向かって吠《ほ》えた。

町は残飯のにおいに満ちていた。

5

「朝飯はここで摂《と》る」

緒形氏に連れて行かれたのは、大路《おおじ》と細道が交差する角に建つ、古いビルの前だった。

レンガ造りの外壁には、過ぎてきた長い歳月がシミとなって刻まれている。

手を触れればレンガにまとわりついた油汚れで指先がぬるっと汚れそうだった。

他のビルの2階分をぶち抜きにしたこのビルの1階は、地元のひとでごった返す茶楼《さろう》に見えた。

どこにも囲いがなく、通りからそのまま入れる、オープンエアの喫茶店である。

「ここで……朝飯ですか？」

雑多な感じが疎《うと》ましく思えてしまい、わたしの語尾が跳《は》ね上がっていた。

緒形氏から返事はなかった。

ずんずんと中に入る動きは、馴染《なじ》み客のようだ。テーブルの間をすり抜けて奥の階段を上り始めた。

急ぎ足で緒形氏を追っていたら、茶を運ぶウエイターの盆《ぼん》にぶつかった。

ポットとカップが地べたに落ちた。

凄まじい声でウエイターが怒鳴《どな》り始めたら、緒形氏が戻ってきた。

肩に手を置き、静かにひとこと告げた。

ウエイターの両目には、怯えの色が濃く宿されていた。

「わしから離れるな」

命令口調で言われても、腹立ちを覚えはしなくなっている。3歩の間合いを保ち、緒形氏のあとに従った。

2階に上がる途中から、奇妙な音が聞こえ始めた。音の正体は2階に上がって分かった。

チュンチュン。

チチチチッ。

チュンチーチュン。

物凄い数の小鳥のさえずりが、2階全体に充《み》ちていた。しかしどこにも、ただの1羽も小鳥は見えなかった。

緒形氏には説明する気はないらしい。

小鳥のさえずりに包まれながら、氏はさらに階段を上って行く。いまにも崩れ落ちそうな階段を、足元を気遣《きづか》いつつわたしも上った。

小鳥の鳴き声がなんだったのかは、3階の龍來《りゅうらい》大茶楼に入って分かった。

銭湯の番台のようなカウンターを抜けて店に入った。眼前の光景を見て、わたしは棒立ちになった。

店内に縦横《じゅうおう》に渡されたアルミポールに、鳥籠《とりかご》が吊《つ》るされていた。ざっと見渡しただけでも、1千を大きく超《こ》えていると思えた。

2階にまで充ちていたさえずりは、この鳥籠の小鳥たちだった。

「香港では、ここの朝飯が楽しみのひとつだ」

龍來大茶楼は、小鳥好きの香港人が集まる飲茶《ヤムチャ》の店らしい。早い口調の中国語で交わされているのは、小鳥談議のようだった。

席が決まっているのか、緒形氏は鳥籠の下を店の奥へと歩いた。

奇妙なことに緒方氏が近寄ると、真上の鳥籠は不意にさえずりをやめた。

氏が通り過ぎたあとは、一段と騒がしく鳴き始めた。激しいさえずりは、仲間に迫る危険を報《しら》せているかのようだった。

フロアの真ん中近くまで進んだとき、店主らしき男が緒形氏に近寄ってきた。風船のように膨らんだ丸顔が、目元を緩《ゆる》めている。

旧友との再会を喜んでいるようだ。

その男と氏とが、凄い早口の言葉を交わし始めた。

途中から聞き役に回った男は、言葉の切れ目で両手を突き出した。

「分かった」

わたしに流し目をくれた店主の仕草が、それを示していた。男が奥に戻ったあとで席についた。真上の鳥籠が静かになった。

緒形氏からは、あの早口のやり取りがなんだったかの説明はなかった。

気があれば、問わなくても話してくれるひとだと、いまのわたしは呑《の》み込んでいる。

頭上の鳥籠を緒形氏が見詰めると、小鳥たちは羽を寄せ合い、かたまりになった。

氏の眼光の鋭さは、成田空港での初対面のときから感じていた。

いま鳥籠を見上げている眼はしかし、鋭さとは異質に思えた。たとえて言うなら、獲物を狙《ねら》うキツネが見せるであろう狡猾《こうかつ》さを帯びていた。

テーブルに置かれた氏の両手は、十本の指すべての関節が折り曲がっている。飛びかかる前の獣《けもの》が爪《つめ》を立てているかのようだ。

氏の息遣いが早くなり、頭上の鳥籠に飛びかかりそうな気配が伝わってきた。

「緒形さん……」

思わず呼びかけてしまった。

ふうっ。

氏は息を抜いて気配を引っ込めた。

「朝から肉では、あんたにはきついじゃろう」

粥《かゆ》を頼んでおいたと言いながら、氏は他所《よそ》の鳥籠に目を移していた。が、目から狡猾な光は消えていた。

ふううっ。

大きな息を漏らしたあと、氏はテーブルを回るワゴンを呼び止めた。そして茶と点心を注文した。

「粥が来るまで、これでも食っとればええ。鍼は体力を消耗《しょうもう》するでの。朝飯はしっかり食っとくことが大事だ」

「分かりました」

勧められるままに、蒸《む》し餃子《ぎようざ》に箸《はし》をつけた。

「旨《うま》い！」

素《す》っ頓狂《とんきよう》に声を発してしまった。

「なんの餃子ですか？」

「知らん」

飛び切り、ぶっきらぼうな答え方だった。しかし意外なことに、氏はあとを続けた。

「どうせ豚かなんかじゃろうが、美味《うま》いならもっと食えばええ」

もっと食えと勧めながら、氏は茶だけを飲んでいる。美味さに気を惹《ひ》かれたわたしは、セイロの餃子をすべて平らげた。

先刻の丸顔男が小さな器《うつわ》に入った粥を運んできたのは、餃子を食べ終えたときだった。

強い香りを発する、芹《せり》のような緑色の菜が散らされていた。

「店では出し惜《お》しみをして、メニューには載《の》せておらん」

氏の前にも粥が供されている。すでにレンゲを手に持っていたが、まだ食べてはいなかった。

「わしは鍼師に教わって、初めてこの粥があるのを知った」

緒形氏に強く言われて、わたしはレンゲを手に持った。かき混ぜると粘り気の強い粥から、豚骨スープのような香りが立ち上った。

あの美味い蒸し餃子を平らげていたにもかかわらず、さらなる食欲を刺激する香りである。

「お先にいただきます」

初めのひと口は濃厚な香りとは裏腹に、ほとんど味がしなかった。しかし凝縮されたスープの旨みが、次のひと口を催促した。

ふた口目では、薄い塩味を舌が捉《とら》えた。

「美味いじゃろが」

レンゲを持ったまま見詰めている緒形氏に、返事をしなければ……。

思いつつも、口も手も粥から離れない。

答える間も惜しんで、半分まで食べた。

「旨い。絶品とはこの粥のことです」

やっと返事をしたとき、緒形氏の皿が運ばれてきた。

皿を見て、息が詰まりそうになった。

頭も羽もそのままで、毛だけをむしられた何羽もの小鳥が銀の皿に盛られている。

明らかに小鳥はナマだった。

6

運ばれて来た銀皿料理には、同じ銀製のナイフとフォークが添えられていた。

緒形氏は優雅な手つきでカトラリーを使った。

「この料理も鍼師が教えてくれた」

ひと口食べた氏は、ナプキンで口の周りを拭《ぬぐ》った。純白のナプキンにシミがついていた。

「頭の骨も足も食えるように料理されとる。あんたにも、この次に来たときには周《しゅう》さんが出してくれるじゃろう」

緒形氏は新たな1羽を半分に切り分けて、フォークを突き刺した。口に運んだあとは、ガジガジッ、バリバリッと小骨を嚙《か》み砕く音がした。

わたしの表情は、きっと惚《ほう》けたようになっていたに違いない。あまりの衝撃で、口が閉じられなくなっていた。

氏は小鳥の山を食べ続けていた。

骨まで食えるように調理してあるというが、わたしは嘘《うそ》だと思った。足も頭もついている身が、調理などされていないのは明らかだ。

もっともらしい顔で調理済みだと強弁《きょうべん》するのは、わたしの目が驚きで見開かれていたからだろう。

ナマである証拠に、氏が半分に切り分けたときは、皿に血が流れ出していた。満足そうな顔で食べている氏だが、眼は異様な光を帯びたままでいた。

犬や猫が餌《えさ》を食べているときの、油断のない目付きと同じに思えた。

こんな凄まじい食べ方を目の当《ま》たりにしたら、食欲など失せるに違いない。ところがわたしは、器に残った自分の粥を思っていた。

次々に小鳥を口に運ぶ緒形氏を目の前に見ながら、再びレンゲで粥をすくっていた。

食べれば食べるほど、飢えを呼び起こす不思議な粥だった。しかし器の底をさらった最後のひと口で、いきなり満腹感を覚えた。

レンゲを置いたら、緒形氏の銀皿もカラになっていた。

皿には血が溜《た》まっているだけで、足も頭もない。すべて緒形氏は食べ尽くしていた。

「何べん食っても、食い飽《あ》きることがない」

満腹したのだろう。緒形氏の眼から鋭い光が失せて、柔和な笑みを浮かべていた。

わたしの器は、舐《な》めたかのようにきれいだ。氏の銀皿に溜まった血を見ても、自分でも驚いたが不快感は覚えなかった。

「少し眠る」

いま何時だと問われた。

「7時15分過ぎです」

腕時計が示す時刻を告げた。

「7時半に起こしてくれ」

言い終わるなり緒形氏は眼を閉じた。

周りには、ひとの話し声と小鳥のさえずりが渦巻《うずま》いている。しかし氏は何秒も経たぬ間に、椅子に背を預けて眠り込んだ。

わたしは周りを見廻《みまわ》した。

天井の4枚羽根の扇風機が、ゆっくりと回っている。あちこち店内を見廻していたら、番台の脇に立つ店主と目が合ったと感じた。

膨らんだ表情も分からないほど離れているのに、男の強い眼をまともに感じ取った。

緒形氏と同じ眼だと思った。

あの眼で見詰め続けられていたのかと思うと、背筋に強い震えがきた。

わたしは他のテーブルに目を移して、客の食べているものを見た。

あの蒸し餃子は人気があるらしく、幾つものテーブルに出されている。

しかし粥や小鳥を食べているテーブルは、他にはなかった。

いま気がついたが、伝票が来ていない。

他のテーブルでは点心を取るたびに、ワゴンを押す娘が伝票に書き込みをしていた。

伝票なしで特別な粥や小鳥料理を供してもらえる緒形氏とは、いったい何者なのか？

氏への謎は深まるばかりだった。

果たしてこのひとと一緒に、鍼治療を受けてもいいのかとまで自問した。

答えを出せぬまま腕時計を見た。

7時25分だった。起こせと言われた時刻まで、まだ5分あった。

わたしは腕組みをして、目の前の緒形氏を見詰めた。熟睡している様子だが、ときどき耳がピクッと動いた。

うちの飼い猫の小太郎《こたろう》も、同じことをした。

小太郎はわたしに一番なついている。なんだか緒形氏が可愛《かわい》く思えた。

不安な思いも薄らいでいた。

小太郎を思いつつ氏を見続けていたら、突然、氏が目覚めた。

わたしと真正面から眼がぶつかった。

「行くぞ」

いままで眠りこけていたとは思えない敏捷さで、緒形氏は立ち上がった。

わたしも慌てて席を立ったが、気持ちは大きく乱れていた。

氏が目覚めた瞬間に見せた異様な眼の光が、わたしの気持ちを波立たせていた。

あのとき見せたのは、人間の眼とは思えなかった。ホラー映画に出てくるサタン、デビルが見せるような光る眼だった。

氏のあとを追いながらも、わたしはあの眼を見た瞬間に感じた恐怖に囚《とら》われていた。

早く追わなければと気が急《せ》いているのに、足がうまく踏み出せなかった。しかし遅れるわけにはいかない。

息を荒くして、緒形氏の背後に追いついた。

氏は番台にいた。

財布を取り出すと数えもせずに、一摑《ひとつか》みの紙幣をカルトン（現金皿）に載せた。

すべて1万円札で、20万円はありそうだ。粥と小鳥に蒸し餃子であの料金を払うのかと、再び息を呑んだ。

紙幣を受け取った番台の女性もまた、数えもしなかった。礼も言わずである。

支払いを済ませた氏はわたしを見ることもせず、階段を降り始めた。

驚き続きだからと、うろたえている暇《ひま》はない。緒形氏の背中を見失わぬよう、うまく動かなくなった足に力を込めて階段を降りた。

ビルの外で緒形氏に追いついた。

龍來大茶楼の横は狭い路地になっており、緒形氏はその路地に入った。

表通りからでは分からなかったが、ひとひとりがやっと通れる路地の突き当たりには、地下に降りる階段が造られていた。

緒形氏は慣れているようで、階段を軽い調子で下って行く。わたしも続こうとしたが、明かりがなくてひどく降りにくかった。

しかも階段は濡れており、滑りそうだ。

軽々と下った氏には、またもや驚かされた。わたしは1段ずつ、階段の数を数えながら降り始めた。

途中に踊り場のない階段は、35段で地下に行き着いた。

地上の光はまったく届いておらず、まさに闇のなかである。

「緒形さん……緒形さん……」

闇に向かって小声で呼びかけた。が、まったく返事がなかった。

目の前の闇が、どこまで奥深いのかも分からない。

小鳥をナマで食っていたときの緒形氏の表情を思い出したら、足がぶるるっと震えた。来るんじゃなかったと後悔した。しかしいまの状況では、後悔は邪魔なだけだ。

「緒形さーーん！」

大声を出した瞬間。

ゴロゴロゴロ……。

石臼《いしうす》を碾《ひ》くような音がして、壁だと思っていたものが横に滑り始めた。

戸が横滑りするにつれて光が漏れ始めた。半分まで開いたとき、戸の内側に緒形氏が立っていた。

「入ってこい」

相変わらずの命令口調である。

ここまでの驚愕《きようがく》体験の連続で、気持ちは大きく乱れていた。

氏への信頼感も、また薄らいでいる。

これ以上は氏の指図に従いたくなかった。

「ここまでで充分です。もう帰ります」

わたしは戸の内側に入るのを拒《こば》んだ。

「帰るのは勝手だが、どこに帰る気だ？」

「階段を戻り、地上に帰ります」

「勝手にせい」

突き放すような声が合図となり、戸が閉まり始めた。ぴたりと閉じたあとは、また深い闇に包まれた。

わたしは身体の向きを変えて、下ってきた階段に足をかけようとして踏み出したが、右足は階段ではなく、壁にぶち当たった。

「そんなバカな！」

声を漏らしたあと、階段を探して四方を両手で叩《たた》き回った。

どこにも階段はなく、わたしは壁に取り囲まれていた。

7

「緒形さああん……」

真っ暗ななかで壁を叩きながら、わたしは緒形氏を呼び続けた。

声が届いたのか、不意にゴロゴロと音が鳴り始めて壁の一部が開いた。

しかし内側に明かりはなく、暗いままである。足下を気遣いつつ内側に入った。

またゴロゴロ音を発して壁が閉じた。

「驚いたかね」

暗さが増したなかで緒形氏の声がした。

「なんですか、ここは」

咎《とが》めるような物言いになっていたわたしは、緒形氏に底知れぬ不安を覚えていた。

「鍼治療院に決まっとろうが」

わたしが感じていることを見抜いているのか、氏は突き放すようなもの言いをした。

「この治療院は、香港人でもほとんど知らん」

奥に向かって歩き始めた氏を、仕方なく追った。気づかなかったが、目はすっかり暗さに慣れていた。

壁は自然石の手触りがした。足下を見ると通路も石造りになっているのが分かった。

「ここは阿片《アヘン》戦争よりも昔に、岩盤を人力だけでくり貫《ぬ》いて造ったらしい」

中国人は桁《けた》違いのことをやる、連中のことはいまでも分からんと、氏はつぶやいた。

通路の両脇から小さな明かりが漏れ始めた。小部屋になっているらしく、明かりはドアの下の隙間からこぼれ出ていた。

前方の小部屋のドアが開き、なかから出てきたひとが手招きをしていた。

緒形氏は手を上げて応《こた》えた。

得体の知れなさは膨らむばかりである。緒形氏について行っていいものかとも思った。しかし勝手に引き返すと、また壁に突き当たって身動きできなくなるに違いない。

不安を抱えつつ、緒形氏に従った。

一方で、なにが待ち構えているのか、成り行きに興味も覚えていた。

氏を手招きしたのはチャイナ服の女性で、身体のシルエットが豊かだったからだ。

部屋にはしかし、女性の姿はなかった。

「そこに座れ」

氏が指し示す椅子に腰を下ろした。その瞬間、うっと声を漏らしてしまった。

向かい側に立つ老人に驚いたからだ。

背丈《せたけ》は1メートルもないが、白髪は地に着くまでに伸びていた。

10畳《じょう》もない部屋の明かりは、壁際のロウソク4本だ。老人は光を背にして立っているので、表情はよく分からなかった。

炎が揺れたとき、光が動いて顔が見えた。

眉の下に目がなかった！

怪談に出てくるのっぺらぼうそのものだ。驚きが大き過ぎて、椅子から転《ころ》げ落ちそうになった。

「だれでも初めてのときは腰を抜かしそうになるが、よく見てみろ」

緒形氏のもの言いは静かだった。

「眉間のうえに大きなイボがあるじゃろ」

確かに異様に大きなイボがあった。

「あれが目じゃよ。なんでも見抜くぞ」

老人のイボがわたしを凝視していた。

居心地《いごこち》がわるくて身体を動かしたら、鼠《ねずみ》が発するようなキイキイ声で、凄まじく早口の中国語を喋《しゃべ》り始めた。

緒形氏も同じ早口で答えた。

三度ふたりでやり取りをしたあと、老人は唐突に口を閉じた。

それを待っていたかのように、明かりの届かない隅《すみ》の方から、もうひとり男が現れた。

いきなりの登場に驚き、身体を硬くした。が、幸いにも普通の男だった。

彼はわたしには目もくれず、緒形氏に話しかけた。緒形氏は老人のときと同様に、早口のやり取りを始めた。

なにを言い交わしているのか、想像すらできない中国語の応酬が続いた。

会話は緒形氏に現れた驚愕《きょうがく》の表情で、いきなり終了した。

男がいなくなるのを待って、氏は説明を始めた。

「あんたの治療費は要らんそうじゃよ。しかも個室で治療してくれるらしい」

わしの初回とはえらい違《ちが》いじゃと、氏は悔《くや》しげなもの言いをした。

氏が浮かべた驚きと羨望《せんぼう》の表情から、わたしが特別扱いされたらしいことを察した。

「いま、女があんたを連れにくる。あとは全部まかせとけばええ」

氏はわたしの目を見詰めて話を続けた。

「小鳥の茶楼を覚えとるな？」

「もちろん覚えています」

強い口調で答えた。

「治療が終わったら、そこで落ち合おう」

「そんな……ひとりで外には出られません」

壁に囲まれたときの怖さなど、二度とごめんだった。

「あんたの治療費は要らんのじゃ、わしが待ってることもない」

帰り道はここの者が教えてくれると、緒形氏に冷たい口調で告げられた。

あとの言葉が浮かばず黙っていたら、わたしを呼びに女性が入ってきた。

知らぬ間にロウソクの明かりが1本だけになっていた。

薄明かりのなかでも、長い髪の黒艶《くろつや》がはっきりと分かった。

顔は小顔だが身体は豊かだ。

純白のチャイナドレスが、彼女のシルエットをくっきりと描き出していた。大柄な彼女が着ているドレスは切れ込みが深い。動くたびに、腰の辺りまで見えた。

なんと彼女は下着をつけてなかった。

ロウソクの赤みを帯びた明かりが、彼女の引き締まって盛り上がったヒップの豊潤《ほうじゅん》さを引き立てている。

今し方まで感じていた不安など吹き飛び、股間《こかん》が膨らむのを感じた。

緒形氏の鋭い眼がわたしを見ていた。

彼女について行けと、指図する目だ。

氏に軽く会釈してから、女性について部屋を出た。

通路は変わらずひどく暗かった。

見えにくくて立ち止まったら、戻ってきた女性に手を取られた。

冷たいが、真綿のように柔らかだ。わたしは年甲斐《としがい》もなく上気してしまった。

彼女は、6畳ほどの小部屋にわたしを導いた。ロウソク1本だけの明かりには似合わぬ、豪華なベッドが真ん中にあった。

この部屋の扉は観音開《かんのんびら》きである。内側からかんぬきをかけた彼女は、身振りで着衣を脱げと示した。

彼女とふたりだけの部屋である。脱ぐのをためらっていたら、彼女が寄ってきた。あの冷たくて柔らかな手で、わたしの衣服を脱がせ始めた。シャツを脱がされるとき、脇腹に彼女の指が触れた。

オスの身体には、気を昂ぶらせる神経が縦横に走っているのかもしれない。脇腹を軽く触られただけなのに、また股間が膨らんだ。

パンツ一枚だけになったときには、自分でも呆《あき》れたほど硬く勃起《ぼっき》していた。

焦《じ》らせるような左手の動きが、最後の下着を脱がせた。

右手は、硬くなったものを撫《な》で上げてくる。

立っていられなくなり、両手で彼女の肩を押さえた。

その手を優しく摑んだあと、彼女はわたしをベッドへといざなった。

言葉は一言も発さぬ彼女に、仰向《あおむ》けに寝かされた。

添い寝の形になった彼女は、わたしの顔をのぞき込んだ。が、右手は硬くなったものを撫で続けている。

こみ上げてくる快感に、思わず声を漏らした。果てぬように踏ん張ると、顔が歪んだ。黒い瞳《ひとみ》を潤《うる》ませた彼女は、右手を外し内股《うちもも》の付け根をキュッと押さえつけた。暴発寸前だった昂ぶりが、なだらかに退《ひ》いてゆく。しかし快感は持続したままだ。長い尾を引く快楽のうねりである。オスにもこんなことが可能なのかと驚きつつも、彼女の手の動きを渇望していた。

動きがまた戻ってきた。

わたしは右手を伸ばして、彼女のドレスに触れた。

絹のドレスの下には、やはりなにも着けてはいない。手触りでそれが分かった。胸に触れていると、乳首が硬くなった。息遣いがわずかに高まっている。

柔らかなヒップに手を移した。

彼女が身体を動かすと、ドレスの深い切れ込みがめくれた。わたしは息を荒くして、彼女の肌に触れた。

「うっ……」

初めて聞いた彼女の声は、潤いに満ちたアルトだった。

艶《つや》やかな声を聞き、さらに気が昂ぶった。

手をドレスに潜《くぐ》らせた。茂みは柔らかく、薄そうだった。

手が感じていることを、頭で想像した。

目で見る以上に刺激的だった。

茂みを下りて小さな突起に指が触れたら身体がピクッと応じた。優しく指を転がしていると、身をよじって手を外された。

わたしの指先に、潤いと匂いとが移っていた。官能を刺激する匂いをかぐや、また大きな怒濤《どとう》が押し寄せてきた。

彼女の指で、右耳の後ろを撫でられた。

一気に性感を刺激されてしまい、もはや抑《おさ》えきれなくなった。

果てる直前、右耳の辺りにチクッと鍼が刺さったのを感じた。が、それを不快には感じず、したたかに果てた。

そして……意識が遠くなった。

気がついたとき、わたしは路地に座り込んでいた。

正常な感覚を取り戻すまでに、5分はかかっただろう。

少しずつ、逆回転の動きで記憶が戻った。

階段を降りるところまで想い出したら、いまどこに座っているかが分かった。

腕時計は午後3時半を指していた。

今朝入った店は、二つの通りが交差した角の、古いビルの3階だ。

店の名前は龍來大茶楼で、路地を出た角だったことも思い出した。

わたしは狭い路地を駆け抜けた。

表通りに出たら、そこが角だった。

ビル1階の、囲いのない喫茶店のような造りにも確かな記憶があった。

喫茶店奥の階段を昇ればいい。

店に入ったら、記憶通りの場所に階段があった。

しかし階段の昇り口は鉄の柵《さく》で閉じられており、頑丈《がんじょう》な南京錠《なんきんじょう》がかけられていた。

8

緒形氏はその日の深夜になっても、部屋に戻ってこなかった。

翌朝の朝食どきも、連絡もなければ帰ってもこなかった。

引率《いんそつ》の添乗員に、緒形氏の不在を伝えなければと考えたのだが。氏は香港に自家用ロールス・ロイスを置いているほど、この土地に明るいひとだ。

きっと最終日の朝には戻ってくる。

わたしは説明しがたい予感のようなものを覚えていた。

我が身で連続して体験した不思議な出来事が、この予感を生じさせたのだろう。

結局、添乗員にはなにも言わなかった。

予感通り、緒形氏は最終日の早朝に戻ってきた。

「出発は何時だったかのう」

「ロビー集合は11時です」

緒形氏は腕時計を見たあと、わたしに目を向けた。

「時間はまだ充分ある。ホテルで朝飯を食わんか？」

「ご一緒させてください」

声を弾ませて応じた。

話したいことも訊きたいことも、山ほどあった。一緒の朝食は願ってもなかった。

ビュッフェ形式の朝食である。わたしはハム、ベーコン、スクランブルエッグに、数種類のフルーツを皿に取って席に着いた。

緒形氏の皿には生のような魚のマリネだけが盛られていた。

香港は海鮮料理の本場だが、朝から生ものではわたしはつらい。が、氏が朝飯に小鳥料理を平らげたことを思い出した。

このひとなら平気に思えた。

「お先にいただきます」

ほどよい厚さのハムを口に運ぼうとした、その途端。

「うっ……」

吐《は》き気が込み上げてきた。フォークが手から落ちて皿にぶつかり、ガシャンッと鳴った。

「気持ちがわるいのか？」

わたしは無言のまま、小さくうなずいた。

「あんたにひとつ、大事なことを言い忘れとった」

緒形氏は話の途中でマリネを口にした。呑み込んだあとは瞳が大きく開いていた。

「あの鍼の効き目は凄いが、ひとによっては副作用が起きることもある」

「えっ！」

副作用という語がわたしを凍りつかせた。

氏はほとんど生の切り身を頬張り、嚙まずに呑《の》み込んでから続きを話した。

「あんたは飛行機が怖いという大きなものを、ハム嫌いと引き替えてもらったんじゃろ」

緒形氏は腹立たしげな目で、わたしを睨《ね》めつけた。

「それで済ませてくれたとは、やっぱりあんたはえらく贔屓《ひいき》をされとるのう」

わたしに聞こえるように舌打ちをした。

「たったそれだけで済むなら、安いもんじゃ。わしの場合は、もっとずっと重い」

なにが重いのかは言わず、氏は皿に残った生魚を手で摘み、口に入れた。

鍼に副作用があるなど、氏は事前にひとことも言ってはくれなかった。

しかも飛行機恐怖症が治ったかどうかは、まだなにも実感できていないのだ。

抑え続けてきた氏への怒りが一気に膨らんでしまい、尖った目で睨み返した。

「わしを見ておって、あんた、なにか感じることはないか」

わたしの目など気にも留めぬという口調で、氏に問われた。黙っていたら、氏は自分の言い分を先へと進めた。

「おとといの朝わしが食ったものを見たとき、あんたの顔は正直じゃった」

氏の両目の光が和らいでいた。

「わしをあそこに連れて行った男は、何年も前に死んでおる。その男は命を縮めることと引き替えでもええから、死ぬまで女が抱ける身体にしてくれと頼んだそうじゃ」

頼み込んだとき62歳だったその男は、翌年3月に緒形氏をあの治療院に案内した。

「わしとのっぺらぼうとを引き合わせてから半年後に、あいつは女を腹に乗せたまま湯田《ゆだ》中《なか》の温泉宿で逝《い》きおった」

言葉を区切り、氏はマリネの残り身を指で口に運んだ。またも噛まずに呑み込んだ。

唇を何度も舐めているだけで、話に戻ろうとはしない。

「女を腹に乗せて急逝したのが、その男に生じた副作用だったのですか?」

先が知りたくて、わたしは自分から問いかけた。

「あんた、わしの話をちゃんと聞いとるのか」

氏は見下したような目を向けた。

「女が抱けたら命を縮めてもええとは、あいつが自分で言うたことじゃ」

「だったら緒形さん、そのひとの副作用とは何だったんですか」

思わず気色《けしき》ばんで問い返した。

「古女房に発情したんじゃ」

氏は吐息を漏らしてから、続けた。

「わしも会ったことがあったが、痩せぎすのひどい女じゃ。そんな女房に発情して、毎晩抱く羽目になった」

女房は50歳をとうに過ぎてから、悦《よろこ》びを開眼させられた。いい結婚ができたと、婚礼から何十年も過ぎて実感した。

ところが亭主は温泉宿で、別の女を腹に乗せて急逝してしまった。

「嫉妬に狂うた女房が荒れに荒れてのう、葬式もそのあとの相続も大もめした」

現在がどうなっているのか、緒形氏は話さなかった。が、口ぶりから察しはついた。

「わしは猫にのりうつられた」

氏の両目が、また光を帯びていた。

「猫には透視する魔力がある。あんたが飛行機を怖がっとったのも、すぐ分かった」

緒形氏の表情が和んだ。

「副作用という言い方がいかん」

わるいことだけではない、いいことも何人にも生じている。

たとえばヘビが怖いと言っていた男が犬嫌いになっただけで、いまではヘビを素手《すで》で摑めているという。

副作用として生じたのは、味覚が敏感になったことだ。舌が長くなったが、傍目《はため》には分からない。

スープをひとくち味わっただけで、すべての材料を言い当てた。

感覚が研《と》ぎ澄《す》まされて、仕事に大きなプラスとなっている者が何人もいた。

それらの面々は、副作用だとは思っていない。鍼のおかげだと感謝していた。

「もう一度いうが、飛行機怖いの退治と引き替えにハム嫌いで済んだのなら、あんたは贔屓されとる」

言っている途中で、突然、緒形氏の両耳がぴくぴくっと動いた。

「鼠が近くにおる」

氏の手のひらが内に丸く曲がっている。

言葉を失って緒形氏を見詰めていたら、また唐突に表情が和んだ。

「あそこへあんたがひとりで行っても、絶対に壁は開かんでの」

口調も表情も穏やかだったが、緒形氏に隙はまるでない。

「肝《きも》に銘じます」

口が勝手に返答していた。

氏と会話できたのは、ここまでだった。

固く口を閉ざした緒形氏は帰国の機内でも、成田空港に帰着したあとも、わたしにはひとことも話しかけてこなかった。

帰国便も台北経由だった。

来るときほどひどくはなかったが、台北から成田の間は何度も揺れた。

鍼の治療効果は完璧だった。

揺れても怖くなかった。

ストンッと落ちてもググッと持ち上げられても、その状況を楽しめた。

恐怖心さえ消えたら、揺れる飛行機はまことに楽しい乗り物だと分かった。

あまたある絶叫マシンなど、本物の揺れに比べれば玩具《おもちゃ》にすぎないと知った。

いままでとは別の人生がスタートした。

9

飛び乗った香港への便は、食事も終わって順調に飛行を続けている。大した揺れにも遭《あ》わず、乗客は寛《くつろ》いだ表情をしていた。

あと2時間で香港だ。

小海社長の告別式のあと、どうしても今日中に香港に行こうと思ったのには、もちろん深いわけがある。

＊

あれが始まったのは、いまから半年ほど前の5月下旬のことだった。

わたしは毎朝、近所の喫茶店で朝飯代わりのモーニング・コーヒーを楽しんでいる。

バターをたっぷり塗《ぬ》ったトーストにゆで卵、キャベツサラダという簡単なものだ。が、朝のこのひとときが好きなのだ。

以前はハムエッグがモーニングだった。しかしわたしがハムを食えなくなったので、マスターがメニューを変えてくれた。

トーストを食べながら、スポーツ新聞を読む。プロ野球シーズン中や大相撲本場所中のスポーツ紙は、バイク営業の大事な情報源となった。

あの朝もプロ野球記事を読んでいたと思うが、細部の記憶は定かではない。

とにかく新聞を読んでいた。

そのとき、唐突に睡魔が襲ってきた。

なんだか眠いと思ったときには、すでに熟睡状態だったらしい。

「野川さんの手から、突然新聞が落っこったんだよ」

初めてのときは慌てたけどね……。

マスターが笑みを浮かべて聞かせてくれたのは、三度目のときだったと思う。

行きつけの喫茶店でいきなり睡魔に襲われたとき、いつも同じような夢を見ていた。

初めて5月に見た夢では、小学校の同級生が出てきた。名前は田島秀典《たじまひでのり》だ。

それほど親しかったわけではなかった。

東北地方でメガバンクの支店長を務めているという話を、同級生だった男から聞いたことがあった。

その程度の関心しかなく、年賀状のやり取りもしていなかった。

ところが田島が25と大書《おおがき》したプラカードを持ち、笑いながら行進している夢を見た。

わずか10分ほどしか眠っていなかったとき、この夢を見た。歳相応になっている田島の顔と、25という数字を鮮明に覚えている夢だった。

長らく会ってもいないのに、あの顔をなぜ田島だと思ったのか。いまだに自分が納得できる答えには行き着いていない。

それはともかく、その2週間後に今度は緒形氏の夢を見た。

田島のときとまったく同じだった。

モーニング後のスポーツ紙を読んでいたとき、不意に眠りこけてしまい、夢を見た。

緒形氏は30のゼッケンを胸元に着けて、マラソン選手のように駆けていた。

去年の旅行以来、緒形氏とはまったく交流がなかった。旅の最終日の朝、ホテルで交わした会話が微妙なものだっただけに、氏に会いたいとは思わないまま時が流れていた。

緒形氏の連絡先も知らなかった。

あの朝、緒形氏を夢に見たことで、なぜか無性《むしょう》に会いたくなった。その日のうちにメーカーの営業マンに連絡し、電話番号などを教えてもらった。

氏に電話したのは、夢を見た当日の夕方だった。教わったのは緒形氏個人の携帯番号ではなく、経営するショップ3店の番号だった。

2軒目の店で緒形氏とつながった。

「おう、あんたか」

電話を通して例の口調を聞いたら、懐《なつ》かしさが込み上げてきた。

雑談めいたことを話したあとで、朝に見た夢の話を聞かせた。

「元気そうに走っている姿を夢で見て、ついつい電話させてもらった次第です」

氏も懐かしがってくれると思い、声の調子を弾ませて話した。ところが電話の向こうで、緒形氏は絶句した。

尋常《じんじょう》ではない気配を感じたわたしは、もしもし、もしもしと強く呼びかけた。

「聞こえとる」

うろたえ気味の声で応えたあと、また沈黙が続いた。

わたしは黙って待った。

「夜、あんたの家に電話する」

番号は何番だと問われて、携帯番号を氏に伝えた。

怖いと感ずる神経をすべて切断したと、豪語していた緒形氏である。不遜至極《ふそんしごく》な物言いも当然だと思ってきた。

その氏が、あれほど狼狽《ろうばい》した声を出すとは考えてもみなかった。

その日の深夜、ベッドに入ったあとに氏から電話がかかってきた。

「あんたに、そんなことが出来るとは思わんかった」

ベロベロに酔っ払っていた緒形氏は何を言っても取り合わず、同じことを繰り返し言うだけだった。

ひどく後味のわるい電話となったので、緒形氏に連絡したことを悔《く》いた。

7月下旬の猛暑のころ、緒形氏の顧問弁護士と名乗る男性からの電話を受けた。

「あなたに直接会って渡すようにと、生前の緒形氏から書状を預かっております」

氏は急逝していた。

10

「先生さえ都合がつくなら、すぐにでも東京に出てきてもらえませんか?」

わたしの声は上ずっていたと思う。

弁護士のほうも早く片づけたかったらしい。

「それでは本日夕刻にでも」

弁護士は長野《ながの》新幹線で出てきた。

「走行中の車中で、脳溢血《のういっけつ》を起こしましてね。運転手が機転を利かし、市民総合病院と連絡をとりながら急行したのですが」

到着したときは、すでに手遅れだった。

「まさに突然死だったのですが」

弁護士はわたしを見詰めた。

「故人はもしかしたら、死期が近いと感じていたのかもしれません」

部外者には口が堅いはずの弁護士が、初対面のわたしに言うことではなかった。

「なぜそう思われるのですか」

きつい口調で問い質《ただ》した。

「緒形氏が亡くなったのは7月10日です。しかしあの方は6月中旬ごろから、身辺整理のようなことを始められたのです」

わたしを見る弁護士の眼光が強くなった。

「緒形氏には成人したご子息がふたりおられます。会社や個人の相続に関する細かな指示を、6月17日に伝えてきました」

指図を受けた期日に力を込めた。

「そして七夕《たなばた》までに、かならず処理を完了しろと、期日厳守を念押しされました」

「その指図の仕方は、緒形さんらしくなかったのですか?」

つい、わたしは口を挟んだ。

「指示は常に厳格でしたが、無理は言わない方でした」

尊大とも言えそうな氏が、無理を言わないひとだったとは……。

「ところが今回だけは、七夕以降は絶対に駄目《だめ》だの一点張りでした。費用は幾らかかってもいいから、何があっても期日を守れと」

期日厳守を果たすために仲間の弁護士事務所を総動員する羽目になったと、彼はそのときを振り返った。

わたしは黙したまま、話に聞き入った。

「本日、急ぎお伺《うかが》いした用件ですが」

弁護士は長い前置きのあと、本題を切り出した。

「書類と書状が一通ずつあります。書状はあなたに宛《あ》てた、故人の私信です」

弁護士が差し出したのは『野川殿』と墨書《ぼくしょ》された封書だった。

裏には緒形西周と署名がしてあった。

「書類というのは、当法律事務所で作成し、検認手続を完了した遺言状の写しです」

「どうしてそんなものを、このわたしに?」

また声が上ずっていた。

「故人が香港でロールス・ロイスを所有しているのはご存じですね?」

弁護士は平板な声で問いかけてきた。

「現地で乗せてもらいましたから」

「その車があなたに遺贈されます」

弁護士から事務口調で告げられた。

その後もあれこれ言い続けていたが、わたしはなにも聞いてなかった。

早く氏の手紙を読みたくて、追い立てるように弁護士を帰した。

ひとりになったあと、コーヒーを淹《い》れてから封書を開いた。

「わしの死ぬ日を、あんたから聞かされるとは思わなかった」

緒形氏の手紙は前置きなしに、氏の話し言葉そのものの記述で始まっていた。

「あんたが見たという夢、やはり鍼の副作用に間違いない。あんたが夢で見た数字は、その人物に残された日数だ。ごく稀《まれ》に、あんたのような夢を見る人間が出て来ると、わしを連れてった男が言うとった。それがあんただったとはのう。なぜ治療費をあんたから取らなかったのか、やっと分かった。あんたは選ばれた人間じゃ、誰にでも見られる夢じゃないぞ。わしは自分の死ぬ日を教えてもらえたことに感謝しとる。おかげで相続にも万全の手を打つことができた。わしからの謝礼として、香港の車をあんたに遺贈すると弁護士が伝えるはずだ。気に入ったら使えばいいし、現地で売却してもいい。すべてのことは、あんたと朝飯を食った龍來大茶楼の主人、揚英明《ようえいめい》と話せ。日本語も分かるから心配いらん」

わたしはコーヒーを飲むことはもちろん、息継ぎすることすら忘れて、氏からの手紙を一気に読み進めた。

書状はまだ終わってはいない。深呼吸してから、残りを読み始めた。

「最後にひとつ助言をしておく。できるだけ早く、鍼を打ち直した方がいい。あんたが見る夢は、いつかはあんた自身を食いちぎることになる。そんな凄い夢を見られる者が、いつまでも無事でいるとは思えんからのう。余り多くの夢を見る前に、鍼を打ち直せ。鍼の手配も揚英明ができる。あんたがくれたあの電話には、心から感謝する」

緒形氏からの手紙を受け取った翌朝、わたしは三度目の夢を見た。

テレビで毎日のように顔を見ている佃島出身のタレント。この男が不吉《ふきつ》な13という数字をタネにして、ひとりコントをやっている夢だった。

夢を見た日から13日後の、8月11日早朝。

旧盆帰省のおかげで、東京の首都高速は慢性的な渋滞が消えていた。

タレントは首都高のフェンスに激突して事故死した。

8月旧盆は、多くの商店が盆休みを続けてとる。わたしの店でも、8月11日から1週間を夏休みとしていた。

そんな初日に、夢がまた的中したのだ。

この日は、もうひとつ忌まわしいことが重なった。東北三大祭りの観光に出かけていた町内の商売仲間が、土産《みやげ》を持って暑気払《しょきばら》いに顔を出した。

「おまえ田島秀典を覚えているか?」

問われた瞬間、話の行方が分かった。

七夕祭で仙台《せんだい》に行ったこの男は、田島が仙台支店長を務めていることを想い出した。

祭り見物の合間に、支店を訪ねた。

「なんといっても、メガバンクの支店長だからさ。方々に顔が利くと思って、支店をたずねたのさ」

ところが田島は6月に、心筋梗塞の発作で、急逝していた。

わたしはその翌日、夏休みを利用して直ちに香港へ飛ぼうと考えた。緒形氏が手紙に書いてあったことに、心臓を食い破られそうに感じたからだ。

三つの夢が的中したからには、やがては自分にも災厄《さいやく》が及ぶと確信した。

が、時期が悪過ぎた。

盆休み期間は、海外旅行のピークだった。

香港には行けず仕舞《じま》いとなった。

夏休み後は、魚河岸の得意先から何台ものバイク修理が持ち込まれた。

これで夏休み後も、香港行きの機会を逸《いっ》してしまった。

9月下旬になったら仕事の忙しさが緩んだ。しかし夢を見ない日が続いたので、ずるずると香港行きを先へ伸ばした。

緒形氏のロールス・ロイスには、縁起でもないものが憑《つ》いていそうに思えた。遺贈を受けるなど、まっぴらだと思っていた。

あの茶楼には、できることなら近寄りたくなかった。

つまり香港には行きたくなかったのだ。

そうこうしているうちに11月15日の朝、四回目の夢を見た。

小海氏が23番のパチンコ台で大負けしているという、いやな夢だった。

12月8日がその日に該当する。

もしもまた夢が的中したら、即座に香港に向かおうと考えた。

が、席の予約はしなかった。

不祝儀袋の買い置きはするな、という。

的中したら、そのとき動こうと決めた。

今回の夢に見た小海氏は、いままでのなかで最も身近な人物だ。月に何度も商売で顔を合わせていた。

今度だけは外《はず》れて欲しいと、強く願った。

外れてはくれなかった。

11

搭乗便の香港到着は、夜の予定だ。ホテル予約は空港ですればいい。

龍來大茶楼には、明日の朝一番で行こうと決めたとき、機が揺れ始めた。

ベルト着用のサインが点灯した。

鍼を打ち直してもらっても、飛行機を怖がった昔には戻りたくない。厳重に揚さんに頼もうと強く思った。

隣の男は揺れ始めた瞬間から緊張していた。

怖いだろうが、おれがいるから大丈夫だよと、胸の内で優越感を味わった。

揺れるなかで座席を倒した。隣の男がいやな顔を見せた。

余計なことをして、いまの揺れを強くするなとでも言いたいのだろう。

昔のわたしを見ている気がして、つい苦笑《にがわら》いを浮かべた。椅子を倒したあと目を閉じた。

いきなり睡魔に襲いかかられた。

そして、あの夢を見た。

知らない男が日めくりカレンダーをめくったら、ゼロが出てきたという夢だった。

身体がビクッとひきつり、飛び起きた。

なんだ、いま見た夢は。

それにだれなんだ、あの男は？

右頬に大きな傷痕のある、目つきが極端にわるい男。ヤクザ者のような風体《ふうてい》だったが、まったく見覚えのない顔だった。

ゼロを引いたあの男は、いまごろどこかで死んでいるのだろうか？

考えても、夢の謎解きはできなかった。

気分を変えようと考えて、トイレに向かった。小さな揺れは続いていたが、ベルト着用サインは消えていた。

中央部のトイレに向かって通路を歩いた。気流が安定しておらず、巧《うま》く歩けない。以前のわたしなら、椅子の手すりを握り締めていたのにと、歩いていることが不思議に思えた。

トイレはすべて塞がっていた。席に戻って、出直すのも億劫《おっくう》だ。その場で待つことにした。

突然、機体が大きく落ちた。エアポケットに遭遇したのかもしれない。

「きゃあああっ」

客席の方々から甲高い悲鳴があがった。

もちろんわたしは平気だった。

いまの落下に驚いたのか、一番手前のトイレのドアが乱暴に開かれた。

「前に突っ立ってるんじゃねえ！」

出てきた男が、ドアのそばに立っていたわたしに凄んだ。

男の右頬には、大きな傷痕があった。

急ぎトイレに入り、ロックした。

受けた衝撃で、息苦しくなっていた。

いま見たのがゼロの男なのは、間違いなかった。ゼロだということは、今日中に香港マフィアにでも殺されるということか。

空港を出たあとは、あの男には絶対に近寄らないことだ。

息を整えてからトイレを出た。座席に戻るとき、わたしはゼロの男が近くにいないかを捜した。幸いにも見当たらなかった。

あの手合いは見栄《みえ》を張って、上級クラスに搭乗することがある。中央部のトイレに近寄るのもやめようと決めた、まさにそのとき。

閃光《せんこう》が走り、続けて凄まじい爆発音が前部で轟《とどろ》いた。

機首がガクッと下がり、身体が前のめりするような急降下が始まった。

ベルト着用サインが点灯し、酸素マスクが一気に吊《つ》り下がってきて……。

機内は大パニックに陥《おちい》った。

「異常事態が発生しました。緊急洋上着陸を試《こころ》みます」

機長の切迫したアナウンスが、途切《とぎ》れ気味に伝わってくる。わたし以外の乗客、クルーの顔面は全員が蒼白《そうはく》になっているはずだ。

この先何が起きるのか、いま分かった。

間違いなくこの飛行機は墜落する。そして九分九厘《くぶくりん》、わたしも事故死するだろう。

ゼロの男とは、この飛行機の搭乗客全員だったのだ。

こんなパニック状態なのに、わたしは何も恐怖を感じてはいなかった。他人事《ひとごと》のように、冷静に事態を見ていた。

香港の鍼は本当に凄いぞ!!

隣で震えている男に、あの場所を教えてやろうかなあ……。

冒険者たち

1

東京都千代田区《ちよだく》六番町《ろくばんちよう》の食品輸入商社・マヌー商会は、創業当時から6月決算である。

2014年5月18日、日曜日午後3時前。

今期社長に就任した利野伴忠《とし の ばんちゆう》は椅子《いす》から立ち上がり、身体《からだ》に大きな伸びをくれた。

身長185センチの偉丈夫《いじようふ》である。手を思いっきり伸ばすと天井に届きそうだった。

日曜日だが経理部スタッフ5人は、全員が出勤していた。6月の決算期を間近に控《ひか》えているからだ。

利野に合わせたかのように、男性社員ふたりも座ったまま、身体を大きくのけぞらせた。

身体を元に戻した課長の大木《おおき》を、窓際に立っていた利野が手招きした。

元来が静かな六番町だが、休日は物音が失《う》せていた。南向きの経理部は、午後3時でも窓越しの陽差《ひざ》しが差し込んでいた。

「おれは先に帰りますが、問題はありませんね？」

「大丈夫です。あらかたゴールが見えてきましたから」

返事を聞いた利野は小さくうなずいた。

課長は利野より年長である。日常の会話では社長の利野のほうが敬語を使った。

ロッカーから上着を取り出したあと、スタッフに声をかけた。

「先に失礼しますが、日曜出勤、ご苦労さまでした」

スタッフが立ち上がろうとしたのを制し、利野は大木を伴《ともな》って部屋を出た。

廊下で財布を取り出し、3万円を課長に渡した。

「帰りにみんなでメシでも食ってください」

足りなかったら、明日渡すと大木に告げた。

利野が自腹でスタッフをねぎらう気性《きしょう》なのを、大木は充分に承知している。

「あとは銘々《めいめい》が払いますから、お気遣《きづか》いは無用です」

大木のきっぱりとした物言いを聞いて、利野は顔をほころばせた。

「あとはよろしく」

「お疲れさまでした」

利野がエレベーターに乗るまで、大木は後ろ姿を見送っていた。

利野が向かっているのは有楽町《ゆうらくちょう》のラジオ局、ニッポン放送である。

午後5時から局の多目的スタジオで、映画上映会が催《もよお》されることになっている。上映開始までには2時間近い間があった。

利野はあれこれ思いを走らせつつ、局まで皇居のお堀端《ほりばた》を歩くつもりでいた。新宿《しんじゅく》通りの東の突き当たりは皇居の半蔵門《はんぞうもん》である。利野は左手にお堀を見ながら、ゆっくりした歩きを続けた。

五月晴《さつきば》れの日曜日で、休日ランナーが多数ジョギングを楽しんでいる。午後の陽差しを背中に浴びて走るランナーたちは、足取りも軽快だった。

最高裁判所を右手に見るあたりから、道は下り坂となった。ランナーの駆《か》け方も速くなり、ゆっくり歩く利野の脇を勢いよく駆け抜けて行った。

桜田門《さくらだもん》に差し掛かったとき、利野は時計を見た。スイスの鉄道時計と同じデザインで、先端に赤丸のついた秒針が正確なステップ運針をする。

ゆるく歩いたつもりだったが、まだ3時35分だ。この調子でニッポン放送に向かったら、4時過ぎには行き着いてしまうだろう。

映画会が楽しみなあまり、知らぬ間に足取りが速くなっていたようだ。

日比谷《ひびや》公園のベンチに座り、西に移り始めた陽を浴びながら時間を調整しよう……思い立った利野は、公園に向かって早足を続けた。

若葉の季節である。木立《こだち》のなかを歩くと、木の精を存分に味わうことができた。

日溜《ひだ》まりのベンチに空きがあった。

噴水の先には帝国《ていこく》ホテルが見えている。

ベンチに背中を預けてホテルを遠望しているうちに、利野は1977年5月のあの日を思い出していた。

＊

小学校に入学した翌日、利野はクラス仲間から名前をからかわれた。

「おまえ、『巨人《きよじん》の星《ほし》』の伴宙太《ばんちゆうた》を真似《まね》したんだろう」と。

利野の名前伴忠は、当時の人気野球アニメ『巨人の星』の伴宙太を連想させたようだ。

「そんなの、まるっきり違うよ」

利野は一年生ですでに140センチあった身体の背筋を伸ばした。

「パパが大好きなフランスの俳優リノ・バンチュラからつけたんだ」

俳優という語も、リノ・バンチュラという名も、一年生たちはまるで知らなかった。

が、クラスで一番大柄な利野が言ったことである。仲間たちは受け入れた。

小学校入学三日目から、利野はバンチュラと呼ばれていた。

父親から名前の由来を初めて聞かされたのは、幼稚園年長組になった年の5月だった。

「うちの苗字《みようじ》は利野だが、リノとも読める。おまえが生まれた1967年に観《み》た映画の影響を受けて、おまえを伴忠と名付けたんだ」

父親慎太郎《しんたろう》からそう聞かされながら、伴忠は育った。

四年生の5月5日、慎太郎は柏餅《かしわもち》を食べていた伴忠を手招きした。

「今月15日の日曜日に、日比谷まで映画を観に行くか?」

父親の口調と表情から、子どもながらに伴忠は行くと言ったほうがいいと察した。

「行きたい!」

弾《はず》んだ声で応《こた》えたら、3歳年下の妹まゆみも行きたいと会話に加わってきた。

「これは男が観る映画だ。おまえはママと出かけなさい」

まゆみに甘い慎太郎だが、このときばかりは「男の映画」を貫《つらぬ》き通した。

まゆみは母親洋子《ようこ》に訴えるような目を見せた。が、洋子も慎太郎の言い分に従った。

日比谷映画で三日間だけリバイバル上映された『冒険者《ぼうけんしゃ》たち』。

慎太郎が伴忠を連れて行ったのは、この上映の初日だった。

当時まだ小四だった伴忠だが、劇場を出たときは気が昂《たか》ぶったせいで顔色が蒼《あお》くなっていた。

「大丈夫か?」

息子の様子を案じた慎太郎は、劇場近くの帝国ホテルで休もうと言った。

宝塚《たからづか》劇場と向かい合わせの1階コーヒーショップで、伴忠にはパンケーキとソーダ水を注文した。

運ばれてきた甘いソーダ水で、伴忠は落ち着きを取り戻した。

「ぼくの名前の伴忠ってひとは、撃たれて死んだマヌーのほうなの？」

伴忠は映画字幕も一部は読めていた。

「違う。残ったローランって男だ」

慎太郎の答えを聞いて、伴忠は心底嬉《うれ》しいという表情になった。

「あのひと、マヌーが死ぬとき嘘《うそ》をついたよね？」

「ああ、そうだ」

「あの嘘って、優しくてカッコいいよね」

息子の返事に、慎太郎には込み上げてくるものがあったらしい。すぐには返事をせず、ジタンの1本をくわえて火をつけた。

ホテルのコーヒーショップでもタバコが吸える時代だった。

映画でマヌーを演じたのは、世界が二枚目と熱狂していたアラン・ドロンだ。

ローラン役のリノ・バンチュラは演技派の性格俳優とされていた。

伴忠はアラン・ドロンではなく、リノ・バンチュラの名をつけてくれた父親を尊敬した。

慎太郎がこの映画を初めて観た1967年5月には、すでに洋子と結婚していた。前売り券を買ったときは、一緒に観に行くはずだった。が、身ごもっていた洋子は、当日体調を崩してしまった。

「あなたの好きなリノ・バンチュラの映画だもの」

洋子に強く勧《すす》められた慎太郎は、ひとりで観に行った。映画が終わるなり、タクシーで渋谷《しぶや》区富ヶ谷《とみがや》のアパートまで飛んで帰った。

地下鉄も走っていたのに、一刻でも早く帰りたかったのだ。

「おまえの体調が戻ったら、もう一度、一緒に行くぞ」

慎太郎の言葉に押された洋子は、翌日、仕事を終えた慎太郎と一緒に鑑賞した。

「とっても素敵な映画だったわね」

午後10時近い日比谷公園を、夫婦は手をつないで歩いた。道々、観たばかりの映画を夢中で話し合った。

＊

映画はローランの整備工場から始まる。

廃車の部品をオブジェ制作の素材とする、レティシア。譲《ゆず》り受けをローランに頼み込む。

先を急ぐローランは、レティシアを引き連れて、クルマで原っぱに向かった。親友マヌーの飛行訓練を手伝うためだ。

レティシアも一緒に作業を手伝った。

小型機パイロットのマヌー（アラン・ドロン）は、低空で標識を潜《くぐ》り抜けるトレーニングを続けていた。

高性能レーシングカー・エンジン開発を目指すローラン（リノ・バンチュラ）。オブジェ制作の女流アーティスト、レティシア（ジョアンナ・シムカス）。

保険会社幹部社員たちにかつがれたマヌーは、凱旋門《がいせんもん》を潜る飛行のため、門につながる並木道上空を飛行した。

ところが凱旋門には巨大な国旗が垂《た》らされていて、直前で潜るのを中止した。

飛行模様を撮影してほしいとの、保険会社からの依頼話は嘘だった。

飛行禁止区域を飛んだことでマヌーは免許を失い、ローランの整備工場で同居を始めた。

ローランは完成させたエンジンを、無人のサーキットでテスト走行することにした。が、途中で変調を来《きた》したエンジンは爆発、炎上した。燃え盛るクルマとエンジンを、見《み》詰《つ》めることしかローランにはできなかった。

ローランの整備工場をオブジェ制作アトリエとして、レティシアは新作を完成させた。個展は大盛況で、招待されたマヌーとローランはレティシアと話もできずに会場を出た。ところが個展は、批評家たちから予想外の酷評《こくひょう》を浴びた。失意のレティシアは、ローランの整備工場へ。

マヌーとローランは潜水トレーニング中だった。保険会社幹部から「コンゴの沖に宝物が沈んでいる、発見したらすべて発見者のものだ」との情報を吐《は》き出させたからだ。レティシアもこの宝探しに加わり、3人の『冒険者たち』が誕生する。

宝探しのヨットでは男女3人の共同生活が始まった。

マヌーもローランもレティシアに想いを寄せている。レティシアはふたりの男と、等距離を保っているように振る舞った。

コンゴで行き会った食い詰めフランス人パイロットが3人に加わり、宝探しは佳境に。パイロットの情報で、宝物を探し当てることができた。が、動きを見張っていたギャング団の襲撃を浴びて、レティシアは凶弾に斃《たお》れた。

フランス北西部の寒村がレティシアの故郷。「沖合に浮かぶ要塞《ようさい》島を買い取るの」ローランと暮らしたいと、ふたりだけのときレティシアは思いを明かしていた。

彼女の遺産を寒村まで届けたあと、ローランはその村に居着くことにした。マヌーはパリに戻るが親友を慕《した》い、ローランが暮らす寒村に戻ることになる。要塞島を訪れローランとの再会を果たした。そのマヌーを追ってきたギャング団と、要塞島で銃撃戦となった。要塞には旧ドイツ軍遺物の武器弾薬が、ごっそり遺《のこ》されていた。銃撃でマヌーも命を落とした。末期《まつご》を迎えるマヌーを抱きかかえたローランは、逝《い》く友に告げる。

「レティシアはおまえと暮らすと言ってたぞ」

マヌーは笑みを浮かべてローランを見た。

「嘘つきめ……」

＊

「おれは二つのことを決めた」

日比谷公会堂の前まで歩いたとき、慎太郎は不意に立ち止まった。

「生まれてくる子が男だったら、伴忠と名付ける。苗字のとしのをリノと読めば、利野伴忠（リノ・バンチュウ）となる」

「いいわよ、それで」

映画の興奮を引きずっていた洋子は、夫の言い分を受け入れた。

「もうひとつは会社を興《おこ》すことだ」

慎太郎は洋子の手を強く摑《つか》んだ。

「今日から二十一年は、しっかりいまの会社で食品輸入のノウハウを習得する」

「二十年後、1987年に46歳になったら独立して食品輸入商社を興す」

社名はマヌー商会として、フランスの食品だのワインだのを輸入する……熱く語る慎太郎の頭上には大きな月があった。

「会社を興すときにはフランスに出向く。そのときは映画の舞台を一緒に訪れよう」

慎太郎は洋子の手を大きく上下に振って歩いた。ベビーも喜んだのか、洋子のおなかを蹴《け》っていた。

伴忠の両親が『冒険者たち』を観たとき、ふたりとも26歳だった。

その年の10月に誕生した伴忠は、1977年初めてこの映画を観た。

字幕の漢字も全部は読めない歳《とし》だったのに、父親以上に深い感銘を受けていた。

今年で47歳になる伴忠は、いまだ独身である。父親譲りの上背《うわぜい》があり、眉《まゆ》が黒くて窪《くぼ》んだ目の顔立ちは整《ととの》っている。

映画『冒険者たち』は、慎太郎が思ったよりも何十倍もの影響を伴忠に与えていた。

初めて慎太郎とこの映画を観たとき、伴忠はまだ10歳だった。

字幕を読むのも大変だっただろうに、1回見ただけでストーリーを細部まで覚えていた。

日曜日の昼、父親とランチを食べながら繰《く》り返しあの映画の話をした。

1980年5月。伴忠が私立中学に入学したとき、慎太郎はまだ商社勤務を続けていた。帰宅は連日深夜である。

そんな5月の金曜日、伴忠は慎太郎の帰宅を起きて待っていた。

「どうした、こんな時間まで？」

問われた伴忠は願い事を口にした。

「ウォークマンとフランス語会話の教材カセットを買ってください」

神妙《しんみよう》な顔の息子に、慎太郎は理由を質《ただ》した。

「教育テレビでフランス語会話を放送しているけど、週一回だけだし、いつまで経《た》っても基本しかやらないから」

いつも仏語を聞いていたい。去年発売されたウォークマンと教材テープがあれば、毎日仏語を聞いていられる。

「五年生から貯《た》めてきたお年玉が1万3千円あります。教材代を含めて足りない分を出してください」

すでに180センチに届く身長になっていた伴忠は、慎太郎の目を見詰めて頼み込んだ。

息子が仏語にのめり込んでいる理由を、慎太郎は分かっていた。あの映画である。思春期の男子がスポーツでも女子でもなく、仏語学習に邁進《まいしん》していた。慎太郎が思い描く男子像とは違う、脆弱《ぜいじゃく》さを感じた。

しかし元を正せば、自分が連れて行った映画にあった。しかも仏語学習はわるいことではないとも思われた。

外国語学習には中学生は最適の時期とも感じた。

「日曜日に、書店までおれも一緒に行こう」

「やったあ!」

真夜中近くの借家に、伴忠の歓声が響いた。

高校進学後も、伴忠の仏語習得熱は冷《さ》めなかった。

1984年の夏、伴忠は貯めた小遣いで『冒険者たち』のビデオソフトを購入した。映画を観ながら仏語でセリフをなぞれるまでに、語学は上達していた。

1987年6月、伴忠が大学二年生のときに慎太郎はマヌー商会を設立した。

創業直後で、慎太郎には家庭をかえりみる気持ちのゆとりが乏《とぼ》しかった。

この年の初秋、慎太郎と伴忠は激しくぶつかりあった。大学中退を口にしたからだ。

「このまま大学を卒業して就職しても、自分がやりたいこととはほど遠い」

「まだ二十歳《はたち》でしかない小僧が、分かったような口をきくんじゃない！」

慎太郎は息子の気持ちも聞かずに怒鳴《どな》りつけた。マヌー商会の顧客は着実に増えていたが、資金繰りに苦労していた。

増えた顧客に対処する人手も不足していた。

目一杯に張り詰めていた慎太郎には、伴忠の中退発言は甘ったれのたわごとにしか聞こえなかった。

洋子と妹のまゆみが取りなしに入り、その場は収まった。

4日の時間が過ぎた翌週火曜日に、慎太郎は銀行から融資決定通知をもらった。気持ちが和《なご》んだその日の夜、再度伴忠との話し合いを持った。

先に伴忠の考えを聞いた。

「一年間、フランスに暮らしてみたい」

大学の親友・河上穣治《かわかみじょうじ》に思いを打ち明けていた。河上は伴忠が抱いた大望を素晴らしいと評価していた。

「おれは国家試験を学生の間にかならずパスし、税務のプロになる。このまま経済成長が続けば、企業は腕利きの公認会計士を欲しがるに決まっている」

大学在学中に絶対に資格を取得すると、河上は伴忠に宣言した。

「一年フランスに暮らして、おまえの語学力に磨きをかけてこいよ」

利野伴忠の名前を武器に、大冒険してこいと河上は背中を押していた。

伴忠の語学力を河上は正しく評価していた。

伴忠は精一杯気持ちを落ち着けて、河上と交わした内容を慎太郎に話した。

「考えてみる」

即答はしなかった慎太郎だが、息子の願いを拒《こば》みもしなかった。

翌々日夜、父と息子は再び向かい合った。

「おまえはなんのために、フランスで武者修行をやりたいんだ?」

一番の基本を慎太郎は真正面から質した。

「現地のひとと自由に会話ができれば、風俗や文化が理解できると思う」

日常会話に不自由しなくなったあとは、習得した語学力と、現地事情に精通していることを武器にして、社会で活躍したい……。

20歳の若者ならではの、粗削《あらけず》りな大望を慎太郎に話した。一時間話し合ったあと、慎太郎はひとつのプランを伴忠に提示した。

「フランス北東部でドイツ国境に近いアルザス地方は、まだ日本で知られていないアルザス・ワインの産地だ」

マヌー商会はアルザス・ワインの輸入を考えていた。とはいえ創業したばかりで、現地ではまったく知られていない。アルザス滞在に会社が力を貸すことなど、できない。

「道筋だけは作れるが、あとはおまえが自分で切りひらいてみろ」

慎太郎は渡仏の具体的な案を考えていた。

現地に暮らして仏語を学び、土地のひととの交流を深めること。

一年間アルザス地域の小さな町・バールで暮らす。

極寒の冬を一度乗り越えれば、現地の事情にも通ずるだろう。

「おまえがバールで働けるワイナリーには、おれが目星をつけてある」

まずは一年間、現地で働き通してから戻ってこい。それなら大学を中退しなくてすむ。

それをやるというなら、渡航費用と当初のカネは負担すると、慎太郎はプランを示した。

今回は伴忠が返事をためらった。

自分で思い描いていた武者修行の地は、要塞島に近いラ・ロシェルを考えていたのだ。

「おまえはレティシアの寒村を考えていたんだろう?」

図星を指されて、伴忠は思わずうなずいた。

「ラ・ロシェルに行くなとは言わないが、最初からそこに行ってもなにも始まらないぞ」

慎太郎は洋子から、物言いをきつく注意されていた。この夜はあたまごなしにならぬよう、気遣いつつ話した。

伴忠も妹からやんわり諭《さと》されていた。

「お父さんが話すことを、途中で遮《さえぎ》らずにきちんと聞いて」

「すぐに反論しないで、ひと息お父さんが言ったことを考えて」

家族4人が、それぞれ心を砕《くだ》いていた。

慎太郎が具体案を示したことで、話し合いはうまく着地できた。

必要な手続きをすべて済ませて、伴忠は1987年9月29日に渡仏した。

三日に一度のシャワーというバールの民家に寄宿し、土地のワイナリーで働き始めた。

まさに極寒の地で、最初の年は11月下旬に根雪が積もった。

翌年は12月中旬から雪国となった。

ミトンの手袋を突き抜けて、凍《こご》えが指に嚙《か》みついてくる厳冬だった。が、この町の雪景色に伴忠は魅了された。

クリスマス前後の一週間、ワイナリーは休みである。1987年のクリスマス・イブ、伴忠はバールの町の中心部に出た。

町で高い建物は教会で、石畳《いしだたみ》の正面広場には噴水があった。

礼拝に集まってくる町の人々は徒歩か、馬車の荷台に乗ってきた。着ているものは、綿入れのキルトで色味も柄《がら》も鮮《あざ》やかだ。

男女を問わず防寒帽子をかぶっている。その色味と形の美しさに伴忠は見とれた。

雪景色を下地にして、とりどりの色が町を埋め尽くすクリスマス・イブ。

石造りの建物は屋根の形も窓枠の彩《いろど》りも、まちまちである。雪をかぶった町を遠目に見ると、童話の世界に立っている気分だった。眺めのとりこになった伴忠は厳寒を忘れた。

この素晴らしい体験が支えとなり、1997年の冬まで、10年間もバールで暮らした。

大学は中退を決意した。報《しら》せを受けて、1988年秋に慎太郎が現地に出向いてきた。

一年間で、伴忠はワイナリーに確かな居場所を確立していた。その実情を目の当《ま》たりにした慎太郎は、中退を承知して帰った。

ぶどうの栽培から収穫、ワイン醸造のプロセス、そして出荷から販売までの全行程を伴忠は経験し、技も習得した。

休日にはオーナーから譲り受けた中古のプジョーでライン川を渡りドイツにも行った。モーゼル・ワインとアルザス・ワインの飲み比べも重ねた。

冬を4シーズン過ごしたとき、ワイナリーで働く面々は伴忠をバールの住人として受け入れていた。

町の中心部に近いアパートに移ったのは、5年目の春だった。

10年の間に帰国したのは一度だけだ。

すっかり町の住人となっていた伴忠は、7年目となる1994年の夏に、アメラ・グノーと出会った。

伴忠26歳、アメラは24歳だった。

パリの美術学校でグラフィック・デザインを専攻したアメラは、バールのワイナリーに就職した。そして伴忠と同じアパートで、独り暮らしを始めた。

ショートカットの濃いブラウンの髪で、Tシャツにジーンズ姿が多かった。

話しかけたのは伴忠からだった。

「レティシアのような、素敵なひとですね」

映画を観ていなかったアメラは、伴忠の言ったことが理解できなかった。が、印象はわるくなかったようだ。

「レティシアって、どんなひと？」

　ふたりが交わした初めての会話だった。

　その日の仕事が終わったあと、町の食堂《ビストロ》でふたりは軽い夕食を共にした。チーズ、プロポ（ポトフ）、バゲットにワインで。

「ぼくがバールに暮らすことになったきっかけは、小学生のときに観た映画なんだ」

　あらすじを話す伴忠を、アメラは深いグリーンの目で見詰めた。ストーリーに引きこまれたのだ。

　バールに映画館は2軒あったが、1967年に公開された映画など、上映しているはずもなかった。

「パリに戻れば観られるかなあ……」

　アメラは本気で観たがった。

「アメラがいやじゃなければ、ぼくの部屋で観られるけど」

　3年前に遊びに出かけたパリで、フランス規格の『冒険者たち』のビデオを購入していた。

「いまから直《す》ぐに観せて！」

　急ぎチーズを平らげて、アメラは伴忠を急《せ》かせた。時刻は夜の9時を過ぎていたが、7

月下旬のバールにはまだ明るさが残っていた。

伴忠が初めて醸造にかかわった1988年のワインとチーズを購入して、ふたりはアパートに戻った。

ジーンズのアメラは、この日はTシャツではなく、カナリヤ色のブラウスを着ていた。

21時半を過ぎてもまだ明るさが居座っていた部屋で、ふたりは112分の映画を観た。

ラストシーンでマヌーが「嘘つきめ……」とつぶやいたとき、部屋はすっかり暗くなっていた。

「レティシアに似ているって言われて、とっても嬉しい」

アメラのほうから伴忠の唇を求めた。

初めて逢《あ》った日から、互いにかけがえのない相手となった。

1995年の夏、監査法人勤務の河上は夏の休暇を使ってバールを訪ねてきた。

「日本はバブルが弾《はじ》けて、企業はどこも青息吐息だ。男も女も顔つきは暗い」

喧噪《けんそう》とは無縁のこの町のひとは、日の出で起きて働き、食事にはワインを欠かさない。

日没で仕事を終えて夜は早く寝るという、穏やかな暮らしを守っている。

「おまえとアメラも、町に溶《と》け込んでいる」

帰国する河上は、空港まで見送った伴忠とアメラをこころから祝福した。

ふたりはすでにあのアパートで、同棲《どうせい》を始めていた。アメラの親友ミレーヌも、河上と同じ年の晩秋にバールを訪ねてきた。

「リノって、あのリノよりも素敵ね」

伴忠がバールに住み始めた年に、奇《く》しくもリノ・バンチュラは他界していた。バールでも人気が高かったリノ・バンチュラである。

伴忠はバールで暮らし始めた初日から、リノと呼ばれていた。

ミレーヌも河上同様に、ふたりは似合いのカップルだと喜んでくれた。

1996年の夏、伴忠とアメラは夏の休暇でマルセイユに出かけた。アメラはホテルにオリーブ油の壜詰《びんづ》めを買って帰ってきた。

緑色の壜から皿に垂らしたら、オイルは南仏の陽のなかで輝くような薄緑色をしていた。

「マヌー商会は、オリーブオイルをどうして扱わないの？」

「えっ……」

アメラの問いかけに伴忠は衝撃を覚えた。バールの暮らしでオリーブオイルは、食卓にあって当たり前の、日本人の醤油《しょうゆ》のような存在だった。

バールにあるジャン・ピエールのオリーブオイル工房は、零細《れいさい》な家族経営である。ただの一度も、そこの製品を日本に輸出しようという気は起こさなかった。

しかしアメラが口にした疑問に、伴忠は叩《たた》き起こされた気分だった。

日本人の食生活も大きく変化している。オリーブオイルが食卓に欠かせなくなる日も、遠くはないかもしれない。

マルセイユ滞在中、アメラからガイドを受けながらオリーブオイルを味見して回った。

「ジャポンでもかならず、オリーブオイルは一般家庭に浸透《しんとう》するわ。市場開拓こそ、リノが向き合う冒険でしょう?」

バールに帰った直後の土曜日、伴忠はアメラと連れ立って町のオリーブオイル工房に出向いた。

伴忠はバールに暮らし始めて10年目である。オーナーのジャン・ピエールも、伴忠のことを町の仲間として受け入れていた。

伴忠の働きでマヌー商会が、毎年数百ケースものアルザス・ワインを購入することになったのも、もちろん知っていた。

「ジャポンでジャン・ピエールのオリーブオイルをテスト販売したい」

伴忠の申し出をジャン・ピエールは快諾した。同時にアイデアも提示した。

「うちの規模で壜詰めのオイルを輸出するのは困難だ」

販売用の樽《たる》があるのでこれを使い、店頭で量り売りしたらどうかと提案した。

ジャン・ピエールはパリでも同じ手法で、販路開拓を進めていた。

「量り売りに使うボトルは、ジャポンで調達できるだろう」

フランスから運ぶより、日本で調達するほうがコストは安い。伴忠もプランに賛成した。

「ボトルとラベルのイメージデザインは、わたしにやらせて」

アメラも大乗り気で声を弾ませた。

ジャン・ピエールの樽にもアメラはデザインを加えた。アルザス地方の澄んだ空気と湧水で育ったオリーブ。

昼と夜、夏と冬の寒暖差が大きいことで、独特の香りを放つオリーブが育つ。

これらの特長をベースに使い、『ジャン・ピエールのオリーブオイル』を商品名とした。

すべてのプランが調った1996年12月中旬に、伴忠は9年ぶりに帰国した。

「リノも今年のクリスマスはトウキョウで過ごして。わたしもパリに帰るから」

新年に戻ってきたとき、パリの空港で再会しましょうと言って、アメラは伴忠を送り出した。

帰国するなり伴忠は自宅にも立ち寄らず、マヌー商会に直行した。

勢い込んでプランを説明する伴忠に、慎太郎も常務の田堀平介《たぼりへいすけ》も冷ややかだった。

「多少のブームにはなっているが、まだ日本の食卓に載せるまでには、オリーブオイルの市場は育っていない」

伴忠が無断でジャン・ピエールと話を進めたことを、慎太郎は不快に感じていた。

「年が明けたら、オリーブオイルの市場調査を始めてみる」

結果が出るまでは、ジャン・ピエールとの商談は凍結しておくようにと、伴忠に強く申し渡した。

アメラとジャン・ピエールにどう説明すればいいのか……成田から12時間の機内で、伴忠は浅い眠りしか得られなかった。

パリに着いた伴忠を出迎えたのは、アメラではなくミレーヌだった。

「昨日の午後、自動車事故で……」

詳しい言葉が出ず、ミレーヌは涙を溢《あふ》れさせた。

アメラを失ったことで、伴忠はひどく落ち込んだ。葬儀に参列したあとバールに戻ったが、気力は失《う》せたままだった。

1997年3月に、慎太郎から電話がかかってきた。

「オリーブオイルを扱うことが決まった。ジャン・ピエールとの提携を進めてくれ」

深い傷を負った息子を仕事で立ち直らせようと、慎太郎は手を貸した。

提携契約の場で、ジャン・ピエールはまたひとつの提案をした。

「オリーブオイルの本場は南仏だ。うちと同じように、ジャポンでまだ知られていない品を、リノの力で紹介してもらいたい」

成功すればアメラが大喜びすると、ジャン・ピエールは言い足した。

「考えてみます」

確かな返事はしなかったが、ジャン・ピエールの言葉は胸に染《し》み込んだ。

1997年6月。夏のシーズンには少し早いマルセイユで、アメラと泊まったホテルをベースキャンプとした。

南仏をあの中古プジョーで隅々《すみずみ》まで回り、いずれもジャン・ピエールと同規模程度の工房3軒との契約を結んだ。

どの工房も建家の周囲にオリーブ畑が広がっていた。南斜面の畑には、烈《はげ》しさと柔和さが混ざり合った陽光が降り注いでいる。

この陽がオリーブを育てるのだと伴忠の肌が納得していた。

10年間伴忠を受け入れてくれたワイナリー、アパート、オリーブオイル工房などに別れのあいさつをして回ったのは、同年12月だった。

アルザスの石畳が雪に埋もれ始めたころ、伴忠は帰国の途についた。

要塞島には行かず仕舞《じま》いとなった。

＊

陽が西空に移ったらしい。ベンチの日溜まりも消えていた。

時計は午後4時35分を指している。

会場まで伴忠の足なら、急がずとも15分で行けるだろう。

日比谷公園を出ようとする伴忠の大きな背中が、柔らかな西陽を浴びていた。

2

局の正面玄関では、ニッポン放送の兵頭頼明《ひょうどうよりあき》が待っていた。伴忠を今日の映画上映会に誘ってくれたのが兵頭である。

「いらっしゃい」

「久々にスクリーンで観られます」

伴忠は笑みを浮かべた。兵頭も得心顔《とくしんがお》で深くうなずいた。

ふたりは揃《そろ》ってエレベーターで地下のスタジオに向かった。入り口で立ち止まった伴忠は、驚きの声を漏《も》らした。

「これほど多くのひとが、あの映画をスクリーンで観たいと思っていたんですね」

「わたしも正直なところ、驚いています」

上映会を企画した当事者である兵頭が、素直な驚きを口にした。

座席は指定制で、伴忠の席も決まっていた。相客の出入りが気にならない、最後列の通路側である。

開始までわずかな時間だが、伴忠と兵頭はスタジオの後ろで再会を喜び合った。

＊

兵頭はある全国紙に映画コラムを持っている。3年前の夏、兵頭は『冒険者たち』を採《と》り上げた。

兵頭当人が『冒険者たち』の熱烈なファンで、映画の舞台となったフランスの港町を二度も訪れていた。

伴忠は国内・海外を問わずWEBサイトをサーフィンし、この映画の情報収集を続けていた。

兵頭の映画コラムに行き当たったのも休日のWEBサイト検索だった。

一読して、この筆者に会いたいと強く願った。伴忠が知りたいと思っていたロケ現地の情報が、多数記載されていたからだ。

新聞社に電話して、筆者への連絡方法を尋《たず》ねた。幸いだったことに、応対の女性担当者も『冒険者たち』が大好きだった。

「社の規則で、連絡先をお教えすることはできません」

気の毒そうに告げたあと、ひとつの提案を示してくれた。

「筆者に連絡を取ります。もしも筆者の方から連絡すると言われたときは、あなたの電話番号を教えます」

担当者の配慮に深く感謝して電話を切った。

兵頭からの電話は二日後にあった。

伴忠は自分の素性《すじょう》が確かだと分かってもらいたくて、自宅や携帯電話ではなく、会社の電話を告げてあった。

「わたしは『冒険者たち』をコラムに書いた、兵頭と申します」

電話の声には親しみが滲《にじ》んでいた。

話しているうちに、兵頭が好感を抱《いだ》いたわけが分かった。

「マヌー商会の代表者は利野慎太郎さんとなっていますが、この方は……」

「親父《おやじ》です」

伴忠は自分から教えた。そして自分の名が伴忠であること、としのという苗字をリノと呼び、リノバンチュウが自分の名であることも兵頭に告げた。

しばし言葉に詰まったあとで、兵頭のほうから会いませんかと誘ってきた。

「ぜひとも、望むところです」

周りのスタッフが思わず目を向けたほど、伴忠は弾んだ声で応じていた。

初めてふたりが会ったのは、帝国ホテル1階のラウンジだった。

局からは徒歩の距離だし、伴忠が初めて『冒険者たち』を観たあと、慎太郎と夢中になって話した場所だった。

兵頭はさまざまな資料をカラープリントして持参していた。

話してみると、互いに歳が近いと分かった。

「あの要塞島を自分の目でご覧になられたんですね……しかも二度までも」

伴忠は正味で羨《うらや》ましがった。

「わたしは利野さんを羨ましく思います」

リバイバル上映だったとはいえ、伴忠は日比谷映画で『冒険者たち』を観ていた。

「わたしがこの映画と出会ったのは、大学のころですから」

兵頭も初めての出会いは劇場だったのだが、日比谷映画ではなかった。

「あの劇場もなくなったいまとなっては、日比谷映画のスクリーンで観ていた利野さんに、羨望《せんぼう》すら覚えます」

ふたりはこの夜、河岸《かし》を何度も変えながら、深夜まで映画の話を続けた。

以来、今日まで何度かランチを共にしていた。

＊

「DVDで観るのと違い、スクリーンで観るときの喜びのひとつは、字幕の文字です」

「まさに、それです！」

手を叩いて同意した兵頭だが、すぐに顔を曇《くも》らせた。

「近頃の映画字幕は、ほとんどが活字フォントになってしまいました」

あの味気ない字幕文字では、劇場で観る価値が半減してしまうとこぼした。

上映開始5分前を告げるチャイムがスタジオに響いた。

「こんなに『冒険者たち』好きがいてくれたとは、本当に嬉しいです」

300人定員の座席を埋めている半数以上が、二十代を感じさせる若者である。彼らがカップルではなく、ひとりで観に来ているのも伴忠には嬉しかった。

「それでは、またあとで」

兵頭に断り、伴忠は通路側の席についた。

その直後、懐かしい香りが背後から漂《ただよ》ってきた。沈丁花《じんちょうげ》の淡《あわ》い香りである。

後ろを振り返ろうとしたとき、香りの主が脇を通った。カナリア色のツーピース姿の女性である。

そのひとは伴忠のすぐ前の席に座った。

言葉にできない、胸の高鳴りを覚えた。

アメラとの別れ以来、女性に対して抱いたことのない感情だった。

前の席から伝わってくるのは、二十代の女性では醸《かも》し出せない、落ち着いた潤《うるお》いだった。

アメラと同じ香りだった。

後ろ姿だけで気持ちが昂《たか》ぶった。

こんな女性が『冒険者たち』を観るのか……。

伴忠の動悸《どうき》がわずかに速くなっていた。

3

映画のあと伴忠と兵頭は、銀座《ぎんざ》8丁目のSパーラーに向かった。ふたりで存分に、見終わったばかりの映画を語り合いたかったからだ。

Sパーラーを予約したのは伴忠である。帝国ホテルのコーヒーショップ同様に、ここも伴忠には思い出深い店だった。

兵頭も伴忠もジャケット姿である。

伴忠はこの店の馴染《なじ》み客に等しかった。しかし何度訪れても、ドアマンに招き入れられるのは気詰まりを感じた。

5Fでエレベーターを出ると、黒服のマネージャーがふたりを迎えた。伴忠たちがエレベーターに乗るなり、レストランに連絡されていたのだろう。

「お待ち申し上げておりました」

伴忠と顔馴染みのマネージャーは、夜の銀座通りが見渡せるテーブルに案内した。

兵頭と心ゆくまで『冒険者たち』の話にふけりたいのだ。食事のオーダーに手間取ることのないように、あらかじめ注文を済ませていた。

ワインも伴忠が選んでいた。食前酒も食事中のワインも、マヌー商会が納めているのだ。伴忠がテイスティングするまでもなく、供されたワインは極上だった。

「いま観てきたばかりなのに、次にどこで観られるかを思ってしまいます」

兵頭が言ったことに伴忠は深くうなずき、ワイングラスに口をつけた。

「はじめてお会いしたとき、兵頭さんはあの要塞を二回も見に行ったと言われましたよね？」

「言いました」

兵頭は笑《え》みを浮かべた。

ワインが飛び切りの味だったことに加えて、問われたことが嬉しかったのだろう。テーブルまで持参していたブリーフケースを開いた兵頭は、クリアファイルに納めた資料を取り出した。

「このテーブルで資料を開くのは、あまりに無粋《ぶすい》ですから」

ファイルを手にしたまま、兵頭は断りを口にした。

花椿《はなつばき》の金の紋章が描かれた皿が、純白のテーブルクロスの上に置かれている。ワイングラスは肉厚で脚《あし》が長い上質の品だ。

カトラリーセットは銀製で、間接照明を浴びて鈍《にぶ》い輝きを放っている。

兵頭が言った通り、テーブルに資料を広げるのははばかられた。

「これらはお持ちいただき、自宅でゆっくりご覧ください」

クリアファイルを茶封筒に収めて、伴忠に手渡した。

「要塞島の資料ですね？」

期待を込めた伴忠の問いかけに、兵頭は笑顔でうなずいた。

ふたりの会話の頃合いを見計らい、スープが供された。透《す》き通ったコンソメである。

先に口をつけた兵頭は、見開いた目を伴忠に向けた。どれほど美味なのかを、兵頭の両目が語っていた。

「わたしが親父に連れられて来たのは、1982年のサッカーワールドカップでイタリアが優勝した直後です」

その日に初めてこのコンソメを味わったと、伴忠は32年前に思いを走らせた。

＊

伴忠の父慎太郎は、1982年当時はイタリアとフランスの食材輸入を担当していた。

この年のワールドカップ・スペイン大会で、イタリアが優勝した。それを喜んだ慎太郎は、家族全員でSパーラーに出向いた。

14歳だった伴忠は、生まれて初めて味わったコンソメの美味《うま》さに驚いた。

慎太郎同様に翻訳《ほんやく》ミステリーを愛読していた伴忠は、スタンリイ・エリンの『特別料理《とくべつりょうり》』を引き合いに出した。

「食べれば食べるほど空腹を覚《おぼ》えるって表現があったけど、このコンソメはあのラ、フ、ラ、ー、が、い、行く店みたいだね」

作中の店を挙げて、伴忠は父親にコンソメの美味さを話した。

親子で堪能したコンソメだった。

慎太郎は妻洋子に約束した通り、１９８７年にマヌー商会を興した。創立を祝い、同年8月にもパーラーで昼食を摂《と》った。

当時の料理長は慎太郎の独立を祝い、フランス産ワインの扱いを創業したばかりのマヌー商会に任《まか》せてくれた。

10年以上の間、商社勤務の慎太郎が納めてきた食材に満足していたからだ。

「いつの日か、あの要塞島を見に行こうよ」

「望むところだ」

伴忠と慎太郎はワイングラスを掲げ持って約束した。

＊

食事がデザートとなったとき、女性のひとり客が入ってきた。時刻はすでに8時半を過ぎていた。

黒服マネージャーは伴忠たちの手前の席に案内した。何気《なにげ》なく横を見た伴忠は、しばし目が動かなくなった。

カナリア色のツーピースは、ありふれた色ではない。先刻の映画会で伴忠の前の席に座していた女性に間違いはなかった。

デザートが供されたのをきっかけに、兵頭は要塞島の話を始めようとしていた。食事の間中、伴忠がそれを聞きたがっていたからだ。

ところが目の前の伴忠は、明らかにいままでとは様子が違っていた。手前のテーブルの女性客が気にかかって仕方がない……それを兵頭は察した。

伴忠の気持ちが元に戻るまで、要塞島の話は中断しようと兵頭は決めた。

デザートは数種類のケーキがアソートされていた。

「紅茶もこのケーキも、とてもいいです」

兵頭の言うことを、伴忠は上《うわ》の空で聞いているように見えた。

心ここにあらずの様子で、伴忠がコーヒーカップを手に持ったとき、

「お待たせいたしました」

ウエイターは女性にチキンライスを給仕《サーブ》し始めた。パーラーのチキンライスは、銀の器《うつわ》に収まったものを客の皿に取り分けて供するのだ。

伴忠は不作法も顧《かえり》みず、女性のテーブルを見詰めていた。

黒髪のショートカットである。短くても手入れの行き届いたヘアと、ウエイターに話しかけた時の柔らかな声とがツーピースの色味と調和が取れていた。

ひとりでパーラーに来店し、チキンライスの単品を注文したのだ。彼女の濃い眉から、伴忠は意志の強さを感じていた。

皿に供されたとき、彼女はウエイターに微笑《ほほえ》みかけた。チキンライスが好きなんだなと、伴忠は勝手に得心していた。

サーブを終えたウエイターが下がったとき、ようやく兵頭に目を戻した。

ふううっ。

伴忠から深いため息が漏れた。

4

伴忠と兵頭は午後9時40分にパーラーを出た。

「もう少し……あと30分だけ付き合っていただけませんか?」

伴忠が頼みを口にした。

「わたしなら30分でも1時間でも構いませんよ」

兵頭が応じると伴忠の表情が明るくなった。あの女性客が気になったまま、パーラーでは時間が過ぎていた。

それゆえ映画の話が中途半端になっていた。女性客が先に帰ったことで、気もそぞろだった伴忠が、いつも通りに戻っていた。

ふたりは話ができそうな店を求めて、銀座4丁目の方角に歩き出した。しかし日曜日の午後10時前である。大半の店が閉じていた。

「ショットグラスの店なら、すぐ先に1軒あります」

兵頭に異論はなく、銀座6丁目の小さなウィスキー・バーに入った。分厚い樫《かし》のカウンターに脚の高いスツールという、まさにウィスキーを楽しむ酒場である。

週日は常連客で賑《にぎ》わっている時間だが、今夜は先客がいなかった。

「わたしはバーボンですが兵頭さんは？」

「同じものをいただきます」

ロックグラスに、ツー・フィンガー注《つ》がれたバーボンが供された。

「あらためて」

「いい映画に」

ショットグラスを掲《かか》げ持ち、ふたり同時に口をつけた。

客が話しかけない限り、バーテンダーは口を閉じている。ふたりを気遣ったのか、バーテンダーはカウンター端《はし》に移っていた。

「ここで開いてもいいですか？」

伴忠は兵頭から受け取った茶封筒をカウンターに置いた。

「ここなら構わないですよね」

客はふたりだけである。カウンターを広く使っても、邪魔になる心配はなかった。

兵頭は要塞島に関する資料を、カラーコピーで調《ととの》えていた。

「あの要塞はボワイヤー砦《とりで》と呼ばれています」

資料に見入っている伴忠に、兵頭が説明を始めた。

「1802年にナポレオンの命令で、いまの海上に建造された砦だそうです」

「そんな古い建造物だったんですか？」

伴忠が驚き声で問うと、兵頭はしっかりとうなずいた。

「マヌーが撃たれた最上階部分までは、海面から20メートルの高さがあります」

遊覧船で近くまで行った兵頭は、舳先《へさき》に立って砦を海から見上げていた。

「10年もフランスにいながら一度も行けなかったんです」

伴忠が話し始めたとき、兵頭の携帯電話が鳴り出した。日曜日の午後10時だというのに、局からの電話だった。

「ちょっと失礼します」

兵頭は電話を耳にあてたまま酒場を出た。

グラスを干した伴忠は、バーボンのお代わりを頼んだ。同量を注いだグラスをバーテンダーが伴忠の前に置いたところに、兵頭が戻ってきた。

表情がこわばっていた。

「ちょっとした事件があって、緊急招集がかかりました」

局の一番近くにいるのが自分だと言った兵頭は、すでにブリーフケースを持っていた。

夕食は伴忠が支払っていたことで、飲み代は払わせて欲しいと申し出た。

伴忠は強く首を振った。

「映画も観られたし、こんな資料までご用意いただいたんです」

払いは無用だと申し出を拒んだ。

「そんなことを気にしてないで、局に急いでください」

伴忠に強く言われた兵頭は、渋々の顔で受け入れた。

「近々また、ぜひ」

「わたしのほうこそ、お願いします」

応じた伴忠に、兵頭は顔を近づけた。

「パーラーで気にされていた女性のことを、次回はぜひうかがいたいですね」

言い置いて兵頭はタクシー乗り場へと駆け出した。

スツールに戻った伴忠は、グラスを一気にあおった。兵頭に言われたことで、あの女性のことを思い出していた。

「今夜も旨《うま》いバーボンだった」

カウンターに広げたままの資料を、茶封筒に仕舞った。勘定《かんじょう》を済ませて外に出た伴忠の頬《ほお》を、夜風が撫《な》でて走り去った。

伴忠の住まいは渋谷区西原《にしはら》で、乗降駅は地下鉄千代田線の代々木上原《よよぎうえはら》だ。

兵頭が用意してくれた茶封筒を右手に持つと、みゆき通りを日比谷公園に向かって歩き始めた。

地下鉄の駅が日比谷公園の近くにある。

今日の出来事を思い返しつつ、ワインとバーボンの酔いを冷ましながら歩く……。

緩《ゆる》い夜風の吹く夜は快適だった。

＊

パーラーで勘定を払うとき、伴忠は小声でマネージャーに問いかけた。

「ぼくらの手前のテーブルにいた、女性のひとり客だけど……」

問われ始めるなり、マネージャーの表情が硬くなった。顧客の素性を問われるのかと、身構えたのかもしれない。

伴忠は軽い口調で「あのひとはお馴染みさんですか?」とだけ問うた。

「今夜、初めてお見えになったお客様です」

マネージャーは安心顔で応えた。この程度の問いになら、答えても差し支えないと思ったのだろう。

「どうもありがとう」

伴忠は兵頭と一緒にエレベーターに乗った。

酒場のスツールに座ったあとは、女性のことを忘れていた。要塞島を二度も見に行った兵頭から、現地の子細《しさい》を聞かせてもらえると思ったからだ。

マヌー商会はあと3年で創立30周年を迎える。その年こそ慎太郎・洋子と一緒に要塞島を見に行こうと決めていた。

映画で観たままの景観が今でも残っていると、兵頭は請《う》け合った。

2年後には両親はともに後期高齢者の75歳になる。幸いなことに身体も足腰も達者で、病気とは無縁だった。

しかしパリまでは直行便でも十数時間の長旅だ。両親にはファーストクラスを奮発する気でいる伴忠だった。

とはいえ高齢者の長旅を思うと、早く旅に出るべきかと気が急《せ》いた。

「30周年まで待ってないで、今年中に行かないか？」

伴忠の提案には両親ともに賛成しなかった。そして口を揃えて同じことを言った。

「家族全員で行こう」

兵頭の説明を聞きながら、伴忠は両親の願いをかなえられていないおのれを悔《く》いていた。

話の途中で兵頭は局に招集された。

銀座から日比谷までをひとりで歩くことになった伴忠は、またあの女性を思い始めた。

彼女が注文したチキンライスは、伴忠の一番の好みだった。パーラーのチキンライスは味も飛び切り美味いが、量もたっぷりあった。

空腹時の伴忠は一人前をぺろりと平らげたあと、さらにカレーライスを注文することもあった。

＊

今夜の彼女は、わざわざチキンライスだけを食べにパーラーを訪れていた。

しかもカナリア色のツーピースを着て、である。

突然、伴忠の前に姿を見せたあの女性は、着ているものも食べるものも、伴忠の好みに見事に沿っていた。

どれほど夜風に頰を撫でられようとも、身体の芯《しん》に感ずる火照《ほて》りは冷めなかった。

いったいどこのひとだったんだ？

5

お堀に面したビルから見る5月の皇居は、見飽きることのない眺《なが》めだ。

河上公認会計事務所はお堀端のビル11階に事務所を構えている。所長室は、ガラス窓の向こうに皇居が望めた。

「石垣と新緑とが、これほど相性のいい眺めだったとは……」

窓際からの眺めに、伴忠は心底の感嘆を漏らした。

5月19日月曜日、午後1時半過ぎ。

2時間以上も続いた話し合いが一段落したことで、伴忠には窓からの眺めを楽しむ気持ちのゆとりができていた。

マヌー商会の決算資料を持参した伴忠は、今期の決算に関する相談に臨《のぞ》んでいた。およその見当はついていたものの、会計事務所の判断は得ていなかったのだ。河上からの質問に答え続けているうちに、ランチタイムもとっくに過ぎていた。

午前11時から始めた打ち合わせは、出前の軽食を挟《はさ》んで午後1時半まで続いた。

「正確な数値ではないが、1億2千〜3千万円の経常収益が見込めるだろう」

河上が口にした見通しを受けて、伴忠は晴れ晴れとした表情で立ち上がった。

「マヌー商会が取り扱うのは、すべてひとの口に入る食品だ」

伴忠は窓際に立ち、午後の陽が降り注ぐ皇居を背にして話を始めた。

「WEB全盛の昨今では、一夜にして数十億円の儲《もう》けを手にする会社もめずらしくはない」

1億数千万円の経常利益であることに、おれは大いなる誇りを感ずる……伴忠が言ったことに、河上は深い賛同の表情を示した。

「食品はぼろ儲けとは無縁だが、ひとたび信頼してもらえれば景気の動向とは関係なしに着実な業績を挙げられる」

河上が言ったことは、利野慎太郎がマヌー商会を創立したときに記した理念だった。

「親父さんが掲げる理念の高さももちろんだが、おまえの全力を投じた働きぶりがあってこそ、マヌー商会もここまで成長できた」

まだ20代だった伴忠は、バールの田舎《いなか》町でひたむきに働いていた。大学を中退してまで、仕事という冒険に毎日挑んでいた。

帰国してからは、オリーブオイルという新規ビジネスの芽を育《はぐく》むために、日本中を駆けずり回った。

「マヌー商会をここまで成長させたおまえの手腕を、友として誇りに思う」

打ち合わせテーブルのソファーに座ったまま、河上が低音の声を響かせた。

「うちの顧客は大小取り混ぜて、700社を超えている」

「そこまで顧客が増えていたとは……さすがはおまえだ」

伴忠の驚きと賞賛の声を、河上は表情を変えずに受けていた。

＊

河上は見事にビジョンを実現させた。

2002年4月に、会計事務所を立ち上げた。九段下《くだんした》の雑居ビルの一室で、ビルの前には堀が流れていた。

「きみの事務所の顧客第1号としてもらえるのは、我が社の大きな名誉だ」

財務諸表の作成、税務申告、そして非上場会社にもかかわらず法人監査の一切《いっさい》の委託を、慎太郎は河上と契約した。

「この万年筆が似合う歳になったときのきみが、大いに楽しみだ」

慎太郎はペリカンの名品・1000番を事務所開設祝いとして贈った。

2002年の開所当初は、河上と妻の俊子《としこ》だけという零細所帯だった。河上と俊子とは監査法人時代の同僚で、5年前の30歳を機に結婚していた。

ふたりの能力と人柄を高く買っていた監査法人は、7社の見込み客を紹介してくれた。

マヌー商会が第1号顧客。そして監査法人の好意で紹介された7社が、事務所開設初年度の顧客となった。

河上は顧客先の法人監査に対し、一切の手加減をしない姿勢で、事務所経営を続けた。

「おたくのような原理主義も同然の事務所とは、とても付き合ってはいられない」

財務諸表作成と法人監査の厳格さに、嫌気《いやけ》がさしたのだろう。二桁《ふたけた》の企業がわずか単年で付き合いを断ってきた。

しかし河上事務所なら安心だと、金融機関は高い信頼を寄せ始めた。

開所から8年後、河上は現在のビルに事務所を移した。目の前には皇居の石垣が眺められる絶景地である。

事務所スタッフもいまでは18人にまで増えていた。

すっかり冷めたコーヒーに口をつけたあと、伴忠は大きく表情を変えた。

「じつは昨日、不思議なことがあった」

話し始めた伴忠は、脳裏にカナリア色のツーピース姿を思い浮かべていた。

6

ニッポン放送の上映会からSパーラーまでの子細を、伴忠は河上に聞かせた。

河上は飛び切りの聞き上手である。

「それは凄《すご》いじゃないか」

「そのあと、どうしたんだ?」

話し手の口が滑《なめ》らかになるように、気持ちの籠《こ》もった相槌《あいづち》を打った。

伴忠は1時間以上も、あの女性の話をしてしまった。

「おまえもやっと、これで……」

河上はあとの言葉を呑《の》み込んだ。アメラを知っている河上だから、あとの口を閉じた。

言葉を胸の内に押さえ込んだ河上と、黙したままの伴忠が向き合った。

あえて言葉にしないことを、ふたりは分かち合っていた。

「おまえ、まだ時間は大丈夫か?」

問われた伴忠はうなずきで即答した。

「おれはいいが、おまえのほうこそ忙しいだろうに」

伴忠は河上の多忙を気遣った。この部屋で雑談をしていたときも、女性スタッフが何度も河上にメモを差し入れていたからだ。

「気にするな」

立ち上がった河上は、スタッフに指示を与えに部屋を出た。3分ほどで戻ってきたときは、座りながら「あと30分は大丈夫だ」と伴忠に告げた。

きちんと座って向き合うと、河上は表情を引き締《し》めた。

「親父さんとの間は、元に戻ったのか？」

河上が引き留めた理由は、このことだった。

「いや……まだ冷戦状態が続いている」

伴忠のひたいに深いしわが刻《きざ》まれた。河上はポットのコーヒーを伴忠のカップに注いだ。

ひと口つけた伴忠は、目を閉じていままでのやり取りを思い返した。

冷戦状態が続いているのではない。さらに溝が深くなっていた。

＊

ゴールデン・ウイーク直前の土曜日。

前日、得意先の部長と金曜日夜の銀座を飲み歩いた酒が、身体に残っていた。会社は休みだったが、午前11時の起床は遅かった。

伴忠は足に怪我《けが》をした父親を案じて、週末は実家に戻っていた。

リビングのカウチには慎太郎が座っていた。外光が差し込む造りで、窓は大きい。慎太郎も伴忠も自然光が大好きだった。

春分を過ぎてからは、空を移る太陽が高くなっている。冬場はテーブルまで届いていた陽光が、いまはカウチの背で止まっていた。

「おまえに話がある」

慎太郎に呼ばれた伴忠は、表情を引き締めた。前夜の酒が残っているいま、仕事の話はしたくなかった。

しかし慎太郎が口にしたのは、仕事とはまったく無縁のことだった。

伴忠が向かい側に座るなり、慎太郎は雑誌のように分厚いカタログをテーブルに載せた。

「ハーレーのツーリング・タイプを買おうと思ってるんだが、おまえ、どう思う?」

問われた伴忠は返事ができなかった。

慎太郎はカタログを開き、お目当てのバイクが掲載されているページを開いた。

「これを買いたいと思っているんだ」

見開きページが、1台の大型バイクを掲載していた。

ハーレーダビッドソン　FLHTCU
ウルトラクラシック・エレクトラグライド
王者の風格と称されるにふさわしい、堂々とした大型バイクだった。

タンデムライダー（後部に乗る者）のシートもゆったりしており、背中を預けられる大型ツーリング・ハードケース付きだ。

タンデムシートの後ろに備わっていた。

「洋子を後ろに乗せて、夏場の日本をツーリングしようと思っているんだ」

相当に気持ちが昂ぶっているらしい。いつにない早口で、タンデム・ツーリングへの憧《あこが》れを言い立てた。

二日酔いの起き抜けだった昼前である。

「親父もおふくろも、もう73歳じゃないか。そんな大型バイクを倒したら、ふたりがかりでも起こせないぜ」

「防備のない剝《む》き出しのバイクに乗るなんて、後期高齢者目前のふたりがやることじゃないだろうに」

「ドライブするなら、車があるじゃないか」

「もう何年、バイクに乗ってないんだよ」

伴忠は思いつく限りの否定的な言葉を吐き出した。

「もうやめてくれ」

慎太郎が声を荒らげたとき、洋子は淹《い》れたてのコーヒーを運んできた。いつも通りのモカが、香りを漂わせていた。

しかしあのときの伴忠は、コーヒーの強い香りを身体が拒んだ。

「おれはいらない」

乱暴な手つきで、ソーサーごと脇にどけた。手つきが荒く、カップのコーヒーがこぼれた。

洋子が咎《とが》めるような目を伴忠に向けた。

慎太郎はひと口すすってから、伴忠を見据《みす》えた。

「おまえは会社でも、そんな口調で部下の提案を撥《は》ね付けたりするのか?」

バイクを頭ごなしに否定されたことで、慎太郎も心中穏《おだ》やかではなかったらしい。息子を咎める口調になっていた。

「なんでそんなことを言うんだよ。バイクと会社とは関係ないだろう」

テーブルのコーヒーが揺れるほどに、声が大きくなっていた。

「足の怪我だって、まだ治り切っていないのに、大型バイクを買おうと言うのか」

伴忠は大声を抑えられなくなっていた。

「おれの身体の心配を、おまえにしてもらわなくてもいい！」

慎太郎も大声で応酬した。

言い争いのいきがかりで飛び出した言葉だろうが、伴忠には堪《こた》えた。

さすがに洋子もまずいと思ったようだ。

慎太郎の膝《ひざ》に手を載せて、気持ちを鎮《しず》めるように仕向けた。

伴忠は怒りと悲しさが混ざり合った自分を、御《ぎょ》しきれなくなっていた。

カウチから立ち上がり、自室に戻ろうとした伴忠を、洋子が呼び止めた。

「もうすぐお昼だけど……」

「なにも食いたくない」

振り返りもせずに答えた。

「酒にだらしない者に、会社の切り盛りなど、できるわけがない」

慎太郎の言葉が背中に刺さった。

言い返したいのを我慢して、伴忠は2階の部屋に向かった。

この諍《いさか》い以降、慎太郎と伴忠の間はぎくしゃくしたままだった。

週末に食卓は囲むものの、深い溝がふたりの間に横たわっていた。

洋子は何度も慎太郎と伴忠を和解させようとした。が、父親の頑固さ、一徹さを色濃く受け継いでいる伴忠である。

和解する端緒《たんしょ》すら見出《みいだ》せず、決算期を迎えようとしていた。

＊

「おまえにも言い分はあるだろうが、親父さんとの間に溝を掘ったままはよくない。その女性のことを話題にすれば、親父さんとの和解も可能じゃないか？」

また出会えるといいなと言った河上は、伴忠の肩をポンッと叩いて送り出した。

六番町の社まで、お堀端をゆっくり歩いて帰ろうと伴忠は考えた。

二重橋《にじゅうばし》の近くまで歩いたとき、大型バイク特有の排気音が轟《とどろ》いてきた。

まさに慎太郎が購入を考えていたハーレーの大型が、集団で走ってきた。

ライダーはいずれも年配者で、タンデムライダーも何組もいた。

お堀端という場所柄もあるだろうが、集団は落ち着いた走りである。タンデムシートの女性は、ライダーの連れ合いに違いない。

若いライダーのタンデムのように、身体に手を回してしがみついてはいなかった。

ゆったりとシートに身体を預けた女性に、伴忠は母親を重ね見していた。

慎太郎とは『冒険者たち』を介して、強い絆《きずな》で結ばれているという自負があった。

近々、映画の話をしよう。そのとき、バイクの話にも触れればいい。

こう思ったら、気分が軽くなった。

祝田橋《いわいだばし》に向かう足取りも軽くなっていた。

7

皐月《さつき》の天気は気まぐれである。

5月19日、昼間の上天気が夕刻には雨に変わった。しかも五月雨《さみだれ》と呼べるような風情《ふぜい》のある降り方ではない。

「夏の夕立でも、ここまで凄まじい降り方はしないだろうに」

駅のホームに立つサラリーマンが、ずぶ濡《ぬ》れになった仲間にため息をついた。

帰宅ラッシュ時に豪雨の襲来を受けてしまい、首都圏の交通機関は大きく乱れた。

混乱していたのは銀座も同じだった。

信号機も見えにくくなるほどの、激しい降り方である。道幅の広い中央通りだが、動きの鈍い車で埋《う》まっていた。

有楽町の会社を出たあと、兵頭は地下道伝いに銀座4丁目まで濡れずに進めた。

しかし待ち合わせ場所までのわずか3ブロックを歩いただけで、靴《くつ》の内にまで雨水が染《し》み込んでいた。

兵頭が向かったのは銀座6丁目のビストロだった。

さすがは予約の取りにくいことで有名な店である。豪雨に襲われているというのに、6つのテーブルすべてが客で埋まっていた。

ビストロ・ヴァンボーは銀座6丁目にありながら、夫婦だけで営《いとな》む小体《こてい》な店だ。調理は主人ひとりが担《にな》っており、注文してから供されるまで小一時間かかることもあった。

それを承知で客は店に押し寄せた。

濃厚なブラウンソースで仕上げたタンシチュー。ソースを一滴たりとも残すまいと、客は不作法も承知で皿の隅までパンで拭《ぬぐ》った。

雨の日は店の入り口に素焼きの傘立てを出すという、形にこだわらない店だ。

大雨に打たれた傘から雨粒を振り落としたあと、兵頭は傘立てに収めた。

奥のテーブルに座していた慎太郎が、兵頭に手を振っていた。

他の席もすべて埋まっていたが、まだどの席にも料理は供されていなかった。

「お待たせして申しわけありません」

兵頭の詫《わ》びを、慎太郎は手を振って遮った。

「詫びを言うなら、急な呼び出しをしたわたしの方だ」

まさかこんな荒天《こうてん》になろうとはと、ふたりはいまも続いている豪雨を話題にした。

銀髪ショートヘアで蒼《あお》い目のママ、シルヴィーは、相客の来店を確認してから注文を取りにきた。

「わたしはタンシチューだが、兵頭さんはどうされますか？」

「わたしもぜひ、タンシチューを」

慎太郎は二十年来の馴染み客である。

シルヴィーはタンシチューのほか、牛レバのパテ、カレー風味の加わったクリームスープ、マッシュルームのフライなども二人分を厨房《ちゅうぼう》に通した。

「我々が一番遅く入った客だから、出てくるまでに1時間はかかる」

その間に話をしましょうと慎太郎が告げた。

「わたしからも大事な話がありますが、まずは利野さんからお話しください」

兵頭が相手を促《うなが》したとき、シルヴィーがワインを運んできた。店のワインはすべてマヌー商会が納めていた。

シルヴィーは煩《わずら》わしいテイスティングなどさせず、コルクを抜いた赤ワインをふたりのグラスに注いだ。

すべての客にシルヴィーは同じことをした。

あるとき、初めて来店した客がテイスティングさせないのかと文句をつけたことがある。

「ワインを納めてくれる会社を、主人もわたしも信頼していますから」

日本人以上に美しい日本語で、シルヴィーは答えた。

その場に居合わせていた客から、後日、慎太郎は顚末《てんまつ》を聞かされた。

店に対する慎太郎の思いが一気に深まった。

怪我を負《お》ったことで外出を控えていた慎太郎だが、今日は何としても兵頭と会って話がしたかった。

迷わずヴァンボーを選んでいた。

＊

40歳を大きく過ぎても身を固めない伴忠を、慎太郎も洋子も深く案じていた。

アメラのことがあるだけに、案ずる気持ちは、常に慎太郎の胸の内に居座っていた。

ハーレーの大型バイクの一件をきっかけに、ひどい諍いが伴忠との間に生じた。

思えばそのことも、伴忠が独り身を続けることへの心配ゆえに生じたこと……。

慎太郎はそう考えていた。

このままではまずい。

週明け早々、慎太郎は兵頭と会食した。ふたりは伴忠を通じて顔見知りとなっていた。

「唐突な呼び出しで申しわけありません」

先に詫びた慎太郎は、ワインが供されたあとで用向きを切り出した。

「この前、兵頭さんと話をさせてもらったとき、『冒険者たち』好きの女性がいると伺った記憶があるのですが……」

「います」

兵頭は即座に答えた。

「美大卒のイラストレーターで、レティシアを描いた作品は素晴らしい出来映《できば》えです」

名前は佐々波幸子《ささなみさちこ》。37歳で独身だと、兵頭は彼女のあらましを口にした。

独身だと聞いて、慎太郎の表情が明るくなった。

「なんとかそのひとと伴忠とを、引き合わせていただけませんか？」

慎太郎の申し出を聞いて、兵頭の顔つきも明るくなった。

「じつはわたしも利野さんに、コンタクトしたいと思っていたところです」

兵頭は声の調子を一段、低くした。

「伴忠さんと佐々波さんを引き合わせられればと、勝手なことを思っていたのですが」

あとの言葉の効果を考えてなのか、兵頭はここで区切った。小声を聞き漏らすまいとして、慎太郎は上体を乗り出した。

「驚くべき偶然ですが、伴忠さんと佐々波さんが、行き会ったんです」

「なんですと！」

慎太郎は我を忘れて大声を発した。すぐに気づき、声を細めて兵頭に問いかけた。

「その場に兵頭さんもいらしたんですか？」

「いました」

兵頭もさらに声を小さくし、昨夜の夜の顚末《てんまつ》を少しも省《はぶ》かず慎太郎に話した。

佐々波幸子と兵頭との出会いについても、続けて聞かせた。

＊

新聞に寄稿した映画評を読んだ幸子も、伴忠と同じように新聞社にコンタクトしてきた。

局近くの喫茶店で会ったとき、幸子は深紅《しんく》の薄手セーターに黒いジーンズ姿だった。

「かなうことなら、自分の平凡な名前をレティシアと変えたいです」

幸子は生粋《きっすい》の日本人で、ショートカットの髪は黒く瞳は鳶色《とびいろ》だった。大きな瞳は潤いを宿しており、豊かなバストは薄いセーターを盛り上げていた。

兵頭と喫茶店で会ったとき、幸子はレティシアを描いたスケッチブックを持参してきた。

30枚ものレティシアが、さまざまな表情を見せていた。

夕陽に輝く海を見詰める表情に宿された憂《うれ》い……劇中のレティシア以上に、兵頭は幸子の絵に気持ちをからめ取られた。

＊

聞き終えた慎太郎は、いぶかしむような目で兵頭に問いかけた。

「ぶしつけで失礼な問いをしますが、佐々波さんが試写会やパーラーに現れたのは、兵頭さんの……あなた方の世界で言う仕込みではないのですか？」

慎太郎は兵頭を見詰めてこれを言った。

「絶対に違います」

強く言い切ってから、なぜ仕込みだと思うのかと逆に質した。顔もこわばっていた。

「昔流行した、ドッキリカメラのような番組の餌食《えじき》にされたのかと思ったものですから」

正直に明かしてから、兵頭に無礼を詫びた。

兵頭は謝罪を受け入れて、表情を戻した。

「伴忠さんは確か今年47で、独身ですよね？」

「その通りです」

答えた慎太郎の目が憂いを宿していた。

「パーラーで彼女を見たときの伴忠さんは、初恋相手を見る思春期の少年みたいでした」

兵頭も上体を乗り出し、慎太郎の目を見た。

「佐々波さんの連絡先なら分かっています」

必要なときは、いつでも訊《き》いてくださいと慎太郎に告げた。

「とはいえ、この件は成就《じょうじゅ》するにしても、偶然が育んでくれる気がします」

余計な手出しをせず、見守っていましょうと慎太郎に考えを話した。

「お待ちどおさま」

シルヴィーが運んできた牛レバのパテには、コンソメゼリーが散らされている。

明るくなった慎太郎の顔つきと一緒に、小さく刻まれたゼリーが透き通って見えた。

8

慎太郎がタクシーで自宅に帰り着いたのは午後11時を過ぎたころだった。

日暮れ時の豪雨はすっかり上がっており、深夜の空には星の瞬《またた》きが戻っていた。

門扉《もんぴ》の前に立った慎太郎は、リビングに明かりが灯《とも》っているのを見た。

また伴忠が来たのか？

慎太郎は丹田《たんでん》に力を込めて、門扉のノブを回した。

玄関までは5段の石段である。1段ずつ踏みしめる慎太郎の背に、下弦《かげん》に近くなった月の光が降っていた。

去る15日には満月だった月も、いまでは大きく欠けていた。

夕刻の豪雨で空の汚れが洗われたのだろう。空は澄み切っており、月光も星のきらめきも鮮やかだった。

空は冴《さ》えていたが、わずか5段を上る慎太郎の歩みはのろい。

やっとの思いでドア前に立つと、鍵《かぎ》をポケットから取り出した。

樫材の重厚な玄関ドアである。鍵もメーカーでしか複製できない特殊構造だ。

鍵穴に差し込もうとしたとき、ドアが内から開かれた。

「お帰りなさい」

出迎えたのは伴忠だった。

慎太郎は戸惑《とまど》い顔になった。できる限り早く、息子と向き合う必要があった。が、玄関で顔を合わせるなどとは考えてもいなかった。

「来ていたのか……」

慎太郎は物言いまでも戸惑っていた。

「今夜のうちに、話したいことがあるんだ」

帰りを待っていた……伴忠の物言いからは屈託が感じられなかった。

息子の明るい口調を聞いて、慎太郎も一気に気分が軽くなった。

「長く待たせたか？」

玄関で靴を脱《ぬ》ぎながら伴忠に問うた。慎太郎の口調も動作も明るくなっていた。

「いまコーヒーを淹れるから」

父親の問いには答えず、伴忠はキッチンに向かった。これまでも親子で大事な話をするときは、昼夜を問わずコーヒーを淹れてきた。

ドリップ役は、もう何年も伴忠が受け持っていた。

父と息子のふたりだけがいいと判じたのだろう。洋子は部屋に引っ込んだままだった。

＊

「おれが言い過ぎたことが幾つもあると思っている。ハーレーのことも、違う言い方をすべきだったと反省している」

伴忠は余計な言いわけはせず、真正面から慎太郎に詫びた。

息子の言い分を、了としたのだろう、わずかにうなずいた。

「要塞島には、おれはかあさんと行く」

コーヒーに口をつけたあと、慎太郎は小声ながら、きっぱりとした口調で告げた。

洋子をかあさんと呼ぶのは希《まれ》である。父親の物言いに驚いた伴忠は、上体を乗り出し気味にした。

「あの島に一緒に行きたいと、心底思える相手と、おまえも早く出会えればいいな」

息子の目を見詰めたまま、慎太郎は静かな口調で言い終えた。

どこかでふたりのやり取りを聞いていたらしい。ひと区切りがついたところで、洋子がリビングに出てきた。

「わたしにもコーヒーを淹れてくれる？」

「分かりました」

素直な返事とともに、伴忠はキッチンに向かった。ポットの湯が沸騰《ふっとう》したあと、モカの香りがリビングにまで漂ってきた。

9

ランチタイムを利用して、伴忠は地下鉄有楽町線で銀座一丁目に出た。

特に目的があって銀座に出たわけではなかった。

ひとが恋しいと、こんなに気持ちが弾むのかと、自分に驚いていた。

アメラの突然の訃報《ふほう》に接して以来、女性に対してこころをわくわくさせたことは、今日まで一度もなかった。

何人もの女性と付き合ってきたが、いずれも伴忠から離れることを繰り返してきた。

自分から別れるたびに、オリーブオイルの営業邁進に逃げてきた。ジャン・ピエールの樽から量り売りするスタイルは、いまも変わっていない。

樽表面の意匠も、アメラが遺したデザインをそのまま使っていた。

おれはもう、生涯独身なのか？

夜中に思うこともあるが、格別それは辛《つら》いことではなかった。

いま銀座通りを行く伴忠は、何十年も忘れていた弾んだ足取りで歩いていた。

行く先のあてもないのに、気分は浮き浮きしていた。どこかで彼女に会えるという、強い予感が伴忠の背中を押していた。

ブルガリとルイ・ヴィトンが向き合っている角まで来たとき、足が勝手に左に向かい始めた。わけもなく、胸が高まり始めた。

松屋《まつや》デパートの裏通りに差し掛かったら、足が止まった。急に立ち止まった185センチの伴忠に、スマートフォンを見ながら後を歩いていた女性が、思い切りぶつかった。

彼女が買い求めたコーヒーのカップのふたがとれて伴忠のジャケットに飛び散った。

「ごめんなさい」

飛び散った染みの大きさに女性は蒼白《そうはく》な顔で詫びた。

「すぐそこのギャラリーの者です。申しわけありませんが、ご足労いただけますか?」

心底詫びる女性の態度に、伴忠は好感を抱いた。近頃は自分からぶつかっておきながら、睨み付ける手合いが少なくなかった。

詫びの言葉を繰り返す女性に、通りがかりの者がきつい視線を投げていた。

「分かりました、行きましょう」

詫びる女性をさらし者にするのがいやで、伴忠はギャラリーへと向かい始めた。

ランチタイムの裏道は制服姿のOLや、ワイシャツのサラリーマンが多数行き来していた。

ギャラリーは花屋と喫茶店とに挟まれた、ガラスドアの小さなスペースだった。

何人かの客が絵を見ていたが、混雑している様子はなかった。

「どうぞお入りください」

女性はまだ血の気の失せた表情である。

「そんなに気にしないで」

ジャケットを脱いで手に持った伴忠は、小柄な女性に笑いかけた。

なかに入るなり、伴忠の目が展示されたイラストに釘付《くぎづ》けになった。

いゝ、いゝ、あのレティシアが、潮風を浴びて鳶色の髪をなびかせていたからだ。

こわばった顔の女性には構わず、1枚のレティシアの前から動かなかった。

「ジャケットのクリーニングを」

おずおずと話しかけてきた女性に、伴忠は大股の歩みで詰め寄った。

女性の顔がさらにこわばりを強くした。

「この絵の作者はいらっしゃいますか？」

問いかけた声は調子が高くなっていた。

「間もなく戻ってくるでしょうが、まずジャケットの染み抜きをさせてください」

女性が戸惑い顔で答えたところに、戻ってきた作者がガラスドアの向こう側に立った。

カナリア色の薄手セーターに、鳶色のパンツ姿である。セーターを豊かな胸が内から押し上げていた。

「帰ってきたようです」

女性に言われた伴忠は、ドアのほうに振り返った。

入ってきた幸子と真正面から向き合った。

ふたりとも、息を呑んだような顔で見詰め合っていた。

口を開いたのは伴忠だった。

「はじめまして……」

内なる響き

1

東京都江東区《こうとう》木場《きば》。

永代《えいたい》通りと三ツ目《みつめ》通りが交《まじ》わる角に建つ7階建てビルが、音楽評論社《おんがくひょうろんしゃ》ビルである。

最上階はオーナーの住居で、1階から直行の専用エレベーターでなければ7階には行けない。

『月刊オーディオ』編集長の松田俊太郎《まつだしゅんたろう》とデスクの保坂忠義《ほさかただよし》は、7階に行くために、6階編集部から1階までエレベーターで降りようとしていた。

「いつものことですが」

下からのエレベーターを待ちながら、保坂が口を尖《とが》らせた。

「階段さえ使わせてくれるならすぐ行けるのに、まったく面倒ですね」

保坂が不満を吐《は》き捨てたとき、エレベーターのドアが開いた。

「おはようございます」

出勤してきた編集部員の山川《やまかわ》が、松田と保坂にあいさつをした。山川の半袖《はんそで》シャツは、胸元が汗ばんでいた。

「編集長とオーナーのところだ」

「お疲れさまです」

始業直後には似合わない言葉を、山川は閉じかけたドアの内に投げ入れた。

2015（平成27）年7月21日火曜日、午前9時半。今日も猛暑で、はやくも気温は30度を超えていた。

1階に降りたあと、松田は2台並んだエレベーターの右側に移り、鍵穴《かぎあな》に電子キーを差し込んだ。

オーナー住居への直行エレベーターのドアが開いた。乗り込んだあと、松田はもう一度電子キーを籠《ケージ》内の鍵穴に差し込んだ。

1と7しかないボタンに明かりが灯《とも》った。

7を押すなりドアが閉じて、籠はゆっくりと昇り始めた。今年で87歳となるオーナーは、速いエレベーターを嫌っている。直行する籠はのんびり昇る特注品だった。

「今日も暑くなりそうですね」

保坂が言ったのは、今日の猛暑のことだけではなかった。

オーナーから呼び出された理由を、松田も保坂も承知していた。少なくともこれから2時間、オーナーの言い分を黙って聞くしかないだろう。

それを思うがゆえの暑さだった。

狭《せま》い籠のなかで、ふたりから吐息《といき》が漏《も》れた。

松田と保坂をからかうかのように、じわじわと籠は昇っていた。

＊

かつて音楽評論社は毎月の部数10万超を誇る専門雑誌を5誌、発行していた。

クラシック音楽の演奏会情報や演奏家への深いインタビューが売り物の『コンセール』。

米国西海岸と東海岸のホットな情報を満載したジャズ専門誌『スウィング』。

総ページ数600ページすべてがオーディオ機器の情報である『月刊オーディオ』。

国内で発売されるレコードとCDを、音楽ジャンル別に網羅《もうら》した『ザ・レコード』。

洋画と邦画の封切情報と、歌舞伎《かぶき》や芝居の人気俳優・役者への突撃取材が人気だった『銀幕と舞台』。

これら各分野の月刊専門誌の部数が、ある時期は軒並《のきな》み10万部を超えていたのだ。

どの雑誌も創刊は1960年代で、当時の日本は海外を含めて新鮮で正確な情報に飢《う》えていた。

音楽評論社オーナーの前田賢治《まえだけんじ》は1928（昭和《しょうわ》3）年8月に、東京銀座《ぎんざ》で生まれた。

銀座周辺に広大な土地を持つ大地主のひとり息子だった賢治は、幼少時から歌舞伎役者や舞台役者、芸者・噺家《はなしか》・幇間《ほうかん》など、当時の一流芸人に囲まれるようにして育った。

父親が気前のいいタニマチだったからだ。

終戦時の混乱に乗じた無法者たちの手で、前田家が所有していた土地の大半が強奪《ごうだつ》された。残されたのは前田屋敷が焼け残っていた銀座7丁目の300坪《つぼ》だけだった。

賢治の両親は昭和20年代に猛威をふるった結核《けっかく》に罹《かか》り、相次いで他界した。

数千坪もあった所有土地を強奪されて気落ちしていたことも、病死した原因のひとつだった。

1950（昭和25）年2月、当時21歳だった賢治が喪主《もしゅ》を務めて両親の葬儀を執《と》り行った。

土地は失ったが、宝石・貴金属・書画骨董品《こっとうひん》の類《たぐ》いは前田屋敷に残っていた。

1958（昭和33）年、30歳の誕生日を期して、賢治は屋敷の敷地内に5階建てのビルを建て、同時に『音楽評論社』を興《おこ》した。

社名は銀座通りで手相見をしていた紫頭巾《むらさきずきん》と呼ばれていた女易者《えきしゃ》に決めてもらった。

彼女の易断《えきだん》は、こと賢治に関する限り見事に当たった。父親譲りのタニマチ気質が強い賢治に、紫頭巾は好意を抱いていた。

的中した易断には、彼女の気持ちが籠《こ》もっていたに違いない。

最初の雑誌創刊は『銀幕と舞台』だった。映画は全盛期を迎えようとしていた。戦後の混乱も治まりつつあり、映画に限らず歌舞伎や芝居の人気も日に日に高まっていた。

賢治の父親に大いに世話になったという編集者、ライターなどが集まり、雑誌創刊を提案した。

音楽評論社は創立したものの、なにひとつ事業は始めていなかった。それを見て集まってきた面々だった。

「当代の人気役者はひとり残らず、先代の世話になっています。いまこそ先代への恩返しをするときです」

取材も編集も任《まか》せてくれという。

言い分を了とした賢治は、4階に編集室を構えた。

創刊号は映画各社、劇場の祝儀《しゅうぎ》広告で埋まった。役者や俳優は、先行していた他誌では語ったことのない秘話を、惜《お》しまずに話した。

取材する側もされる俳優たちも、先代への深い恩義があったからだ。

思えば「義理」が通用する時代だった。

雑誌の種類が少ない時代だったこともあり、創刊号は完売した。のみならず次号への予約が全国から殺到した。

『銀幕と舞台』の大成功を受けて、賢治は専門雑誌刊行の道を歩み始めた。

その後刊行した4誌もすべて、雑誌名は紫頭巾が名付けた。

音楽評論社の5誌目となる『コンセール』を名付けた日に、紫頭巾は賢治にきつい忠告を与えていた。

「昭和は60年代まで続きます」

こう断じたのはまだ1969（昭和44）年で、初めて人類が月面着陸に成功した7月だった。

「景気も昭和の年号が続く限り、好調を続けます。しかし好景気は年号が変わるまでです」

改元と同時に景気は後退を始める。そうなったときは、手遅れになる前に事業を見直しなさい……。

見直しとは規模縮小だと彼女は言い足した。

「改元後、最初に持ち込まれる縮小話には、真剣に耳を傾けなさい」

この忠告が紫頭巾の遺言《ゆいごん》となった。

1969年8月3日に、紫頭巾は急逝《きゅうせい》した。

賢治とは家族同様の付き合いをしていたにもかかわらず、紫頭巾は住所はおろか、自身の本名すら明かしてはいなかった。

彼女の死を賢治が知ったのは、『コンセール』が銀座の書店に並んだ日だった。

彼女は銀座の御木本真珠店《みきもとしんじゅ》の前に手相見の台を出していた。いつものように書店で買い求めた創刊号を手にして、賢治は向かった。

紫頭巾の易者仲間が賢治を待っていた。創刊号発売期日を、急逝直前の紫頭巾から聞かされていたそうだ。

「7月に聞かせた易断を忘れるなと、先生から言付《ことづ》かっています」

急逝と伝言を賢治に伝えただけで、彼はその他の一切《いっさい》に口を噤《つぐ》んだ。

「せめて香典《こうでん》だけでも」

強く迫っても、彼は受け取りを拒《こば》んだ。

「先生の遺志ですからご理解ください」

賢治を易断できたのは生涯の栄誉だったと紫頭巾は彼に言い残していた。

時代は紫頭巾が見立てた通りに進んだ。

昭和天皇が崩御《ほうぎょ》され、平成《へいせい》へと改元された。

景気はわるくなかったのに、この数年、雑誌5誌の発行部数は年を追うごとに減少していた。

土地交換の話が持ち込まれたのは、改元から半年が過ぎたころだった。

バブル破裂はいつになるのか。

果たして本当に破裂するのか。

経済専門誌が毎号、こんな特集を組んでいたころである。

「江東区木場の地主が、銀座の土地を物色しています」

賢治の土地と木場の５００坪とを交換し、さらに現金で30億を払うとの申し出だった。

バブル破裂を片方で恐れながらも、まだまだ地価は値上がりを続けていた。

銀座の３００坪と木場の５００坪では、たとえ現金30億を加算されてもまったく話にはならないオファーである。

持ち込んできた業者も、伏し目気味に話を聞かせていた。

「あなたが小滝《こたき》さんでなければ、即刻お引き取りいただいたところです」

賢治は穏《おだ》やかな物言いで返答を始めた。

小滝不動産は地元の業者で、賢治の父親の代からの付き合いだった。小滝不動産も、すでに代替わりしていた。

「今日から３日間、考えさせていただきます」

業者を帰すなり、賢治は顧問弁護士を呼び寄せた。そして小滝が置いて帰った土地登記簿を提示した。

「分かる限りの事情を、あさっての朝までに調べてください」

指示を与えたあと、賢治は地下鉄東西《とうざい》線利用で木場駅に向かった。交換したいという土地を我が目で検分《けんぶん》するためである。

交差点に面した角地《かどち》は、すでに更地《さらち》となっていた。土地を囲った白板には、地主の会社名が記《しる》されていた。

急ぎ戻ったあと、賢治は不動《ふどう》を呼び寄せた。賢治の密命を受けて働く情報屋である。

「木場に出向き、地元の評判を聞き込んでもらいたい」

弁護士だけに頼らず、情報屋も動かした。

翌日夜には子細《しさい》な事情が判明した。

土地交換を求めてきたのは木場の大地主で田代藤三郎《たしろとうざぶろう》という人物だった。

田代は二男一女に恵まれており、去年12月にひとり未婚だった次男も嫁を娶《めと》っていた。

「田代氏は息子と娘が共同で営《いとな》む大型ファッション専門ビルを銀座に構える計画です」

多数のテナントも入居させる計画らしい。

田代の資産は法人・個人合わせて7千億円を超えているという。

「いまの時期、銀座で300坪の土地を個人で所有しているのは前田さんぐらいです」

音楽評論社を徹底的に調べ上げたうえで、土地交換を持ちかけていたと分かった。

「あとは前田さん次第です」

弁護士が得た情報は、不動が調べ上げたことと大差なかった。

「田代家は江戸時代の豪商の末裔《まつえい》でした。地元の評判もよくて、富岡《とみおか》八幡宮の祭礼には気前のいい寄進《きしん》を続けています」

角地の500坪を土地交換で失ったとしても、まだ2千坪を江東区内に持っている。バブルで土地の値上がりを追い求める地上げ屋とは無縁。裏社会との接点もないと、不動は調査結果を聞かせた。

「大いに助かった」

ねぎらいの言葉に、100万円の束《たば》二つが添《そ》えられていた。

紫頭巾が遺言としてくれた易断には従おうと、賢治は決断した。

とはいえ、提示された条件を安易に呑《の》んだりしては相手方に不信感を抱《いだ》かせてしまう。

不動産売買交渉では提示された条件に、強い対案をぶつけるのが常道とされていた。

なんとしても相手が銀座の土地を欲しがっている今回のような案件なら、なおさらのことだ。

賢治は米田玄賽《よねだげんさい》を呼び寄せた。

10歳年下の玄賽は、『月刊オーディオ』の特別編集顧問である。大事な決断を迫られたとき、賢治は紫頭巾と玄賽を頼りにしてきた。

紫頭巾が没してからは、玄賽が親族にも等しいただひとり信頼できる相談相手だった。

賢治が電話してから1時間後に、玄賽は顔を出した。どこにいようが、なにをしていようが、玄賽は賢治の呼び出しには即座に応じてきた。

このときの玄賽は赤坂《あかさか》のレコード会社で、新譜クラシックCDの試聴中だった。それを中断して、銀座まで出向いてきた。

試聴中断という勝手が言えるほどに、玄賽には権威が備わっていた。

賢治は包み隠さず、持ち込まれている土地交換の子細を話した。

聞き終えた玄賽はモカの支度《したく》を頼んだ。

賢治からの相談事に答えるとき、玄賽は薫《かお》り高いモカを頼んだ。承知している賢治は、カフェーパウリスタから挽《ひ》き立ての豆を取り寄せ、自《みずか》らの手で淹《い》れた。

「あと6億、現金の増額を求めましょう」

相手が応じたならば、6億を基金として『音楽評論社賞』設立を発表する。

「1年5パーセントの利回りで運用すれば、毎年3千万の利益が得られます」

それを音楽評論社賞の運営原資とする。

「音楽や演劇など音楽評論社の出版物に関係の深い分野から、毎年優秀賞を選出し、表彰しましょう」

先祖譲《ゆず》りのタニマチ気質。

賢治の気性《きしょう》を知り尽くしているがゆえの、答えだった。

「素晴らしい！」

玄賽の提案を腹に仕舞《しま》って、賢治は交渉に臨《のぞ》んだ。

「生まれ育った銀座を離れて、大川《おおかわ》（隅田川《すみだがわ》）の向こう側に移るんです」

言葉を区切った賢治は、田代の目を見詰《みつ》めた。

「その決断を、先祖に胸を張って説明できる理由が必要です」

賢治は9億円の増額を求めた。

不動産売買では百戦錬磨《ひやくせんれんま》の田代である。なんだ、カネのことかと、賢治を見下すような表情を見せた。

賢治はテーブルのモカに口をつけ、音を立てずにカップをソーサーに戻した。

「わたしは9億円で財団法人を設立し、音楽評論社賞を設《もう》けます」

田代は口を閉じたままだった。が、賢治を見る目の光り方が変わっていた。

玄賽の提案を自分流にアレンジした設立案を、口頭で聞かせた。

趣旨を紙に書いたら、あれこれ細かなことをつっついてくる。交渉が面倒になる。

田代にもタニマチ気質があると見抜いた賢治は、9億円の財団設立計画を口で説《と》いた。

「新設の財団には、田代さんにも理事として加わってもらうつもりです」

このひとことが決め手となり、売買商談は極めて円滑に運んだ。

財団法人前田音楽振興会は1992(平成4)年に設立された。理事長は前田賢治、専務理事が米田玄賽で田代藤三郎は常任理事に就《つ》いた。

賢治は人柄と相場観の双方に秀《ひい》でたプロを雇い基金の運用を任せた。

交換で得た木場の500坪の土地に、地上7階、地下1階のビルを建造した。

地下は倉庫で、1階から3階までは吹き抜けの撮影スタジオを設けた。

4階には財団を置き、5階と6階を雑誌編集スペースとした。

最上階の7階は会社オーナーで財団理事長、前田賢治の住居である。

エレベーターは2基設置されているが、1基はオーナー専用だ。運転するには鍵、もしくは賢治の許可が必要だった。

ビルとは別棟で音楽視聴ホールも設けた。

バブル経済が崩壊に遭遇《そうぐう》しても、音楽評論社は無傷で済んだ。紫頭巾の遺言を賢治が遵守《じゅんしゅ》したからである。

自社ビル建築も無借金で行った。凄腕《すごうで》の公認会計士が税務署とタフな交渉を行い、田代から得た現金39億円の大半が課税を免《まぬが》れた。

とはいえバブル崩壊は、音楽評論社の出版事業には濃くて暗い影を落とした。５雑誌とも、大きく販売部数を落とすことになった。

ＷＥＢの台頭が、販売部数をさらに激しく落とした。広告収入も減少を続けた。荒波を堅調に乗り越えてきたのは、音楽振興会だけに思えた。

２０１０（平成22）年春、賢治は『コンセール』『ザ・レコード』の休刊を決断した。残る『銀幕と舞台』『スウィング』『月刊オーディオ』に資金とスタッフを集中させた。

この３誌は『音楽評論社賞』の選考対象分野だったからだ。

この年、松田は『月刊オーディオ』の編集長となり、保坂はデスクに就いた。そしてのちに大ヒットとなる新連載をスタートさせた。

２０１５年７月現在、『月刊オーディオ』は他社が驚くほどに営業黒字を出していた。『月刊オーディオ』は、読者の大半を20代から40代までの男性が占めていた。

部数を伸ばし続けている理由はただひとつ。「米田玄賽道場」なる連載企画が、読者の熱い支持を得ていたからである。

「回し読みは、『月刊オーディオ』読者に限っては恥ずべき行為とわきまえよ」

米田は毎月この言葉で連載を閉じた。

米田玄賽道場を読みたければ、一冊950円を惜しむなとも、毎月記していた。

年長者から叱《しか》られる経験をほとんど持っていないのが、『月刊オーディオ』のコア読者だ。

競い合って雑誌を購読し、そして玄賽から叱責《しっせき》されるのを焦《こ》がれた。

＊

専用エレベーターを降りた松田は、引き締《し》まった顔を保坂に向けた。

「話はおれが引き受ける。おまえは口を閉じたままでいてくれ」

保坂はこわばった表情でうなずいた。

オーナーの仕居ドアはマホガニーの一枚板である。毎日、メイドがワックスで磨《みが》いているドアは、天井からの照明を浴びて黒光りしていた。

賢治が許可しない限り、専用エレベーターは動かない。7階まで上がってこられた者は、インターホンではなく、ドアをノックした。

重厚な造りのドア中央部には、ウッドペッカー（キツツキ）のドア・ノッカーが取り付けられている。

松田は深呼吸のあと、キッツキを摑《つか》んだ。

ノックする前に、ドアは内側に開かれた。

仁王《におう》立《だ》ちした賢治が待ち構えていた。

2

音楽評論社本社ビルは、1フロアが80坪だ。階段やエレベーターなどのスペースは別で、実効の広さが80坪あった。

7階のオーナー住居も同じである。30畳《じょう》大のリビング中央には幅2・4メートル、奥行き1・5メートルの巨大なテーブルが置かれていた。

幹部スタッフを呼び寄せての、重要な打ち合わせに使うテーブルだ。

新木場の銘木《めいぼく》商社まで出向き、賢治みずから選んだ一枚板である。

購入は財団法人設立が認可された1992年の夏。当時でもこの天板だけで、3700万もしていた。

「こんな大きな一枚板は、もう二度と手に入らないでしょう。あと20年もすれば、この天板は国宝級の値打ちが出ます」

迷わずこの板を選ぶとは、桁外《けたはず》れに目の高いお方だ……。

言い値を値切らず購入した賢治に、銘木商社の社長は最大級の世辞《せじ》を言った。が、このテーブルに呼びつけられたスタッフは、陰《かげ》で吐息を漏らして愚痴《ぐち》った。

「うっかり肘《ひじ》を立てることもできないし、資料を広げるにも神経を遣う」

しかも賢治に呼び出されてこのテーブルにつくのは、ほとんどがきつい叱責を食らうときだった。

幹部社員たちは『ヘル・テーブル』と呼んで、敬遠していた。

松田と保坂を向かい側に座らせた賢治は、銀縁《ぎんぶち》の丸眼鏡《まるめがね》をかけた。昭和天皇がかけておられた眼鏡と同じデザインである。

縁が真ん丸なだけに、かけた当人が優しげに見えたのだが……。

「返事をいつまで待たせるんだ！」

尖《とが》った声が松田の胸に突き刺さった。

固唾《かたず》を飲み込んでから松田は答えた。

「４日前から先生と連絡がつかなくなっておりまして……」

事情を話し始めるなり、賢治はさらに声を荒らげた。

「どういうことだ、連絡がつかないとは！」

拳《こぶし》を振り上げんばかりの怒声である。

「4日も前から連絡がつかない状態を、おまえたちは放っておいたのか！」

「それは誤解です、オーナー」

松田は賢治から目を逸《そ》らさず、低い声で答えた。伏し目になったり目を逸らしたりしたら、余計に怒りを買うと分かっていたからだ。

「誤解だと？　ふざけるな！」

86歳のいまでもふさふさしている銀髪が、怒りの勢いで上下に動いた。

「4日前から連絡がつかない状況が、いまも続いているのは、おまえたちが放置していること以外にどんな理由がある」

背筋をビシッと伸ばした賢治は、炎《ほむら》立《た》つ目で松田を睨《にら》み付けた。

1・5メートルの奥行きが、賢治と松田とを隔《へだ》てている。大型テーブルを、いまの松田はありがたいと痛感していた。

「ただいま説明申し上げます」

その間だけは怒りを引っ込めてほしいと、松田はオーナーに頼んだ。

80歳の大台を越えた年から、賢治は性格が大きく変わった。短気になり、なにかにつけて幹部スタッフに怒声《げっこう》を浴びせるようになった。

が、激高の真っ只中《ただなか》にあっても、相手の言い分には耳を傾ける度量を失っていなかった。

「玄賽先生はただいま、米国のアルバカーキにおられるはずです」

「はずですだと？」

賢治が声を挟《はさ》んだ。あいまいな表現をことさら嫌うからだ。

松田は臆《おく》せず、先を続けた。

「先生の手配を受け持つ旅行代理店から、昨日の深夜、電話で説明を受けました」

松田には明かしていいと、玄賽から許しが出たということだった。

「どうして玄賽は、そんなところに居るんだ」

連れはいるのか、いつまで滞在する予定なんだと、賢治は矢継《やつ》ぎ早《ばや》に問い質《ただ》した。

「先生はおひとりだそうです。帰国便搭乗は8月2日です」

アルバカーキは米国ニューメキシコ州中央部に位置する、同州最大の商業都市だ。が、業務渡航以外の日本人には、あまり馴染《なじ》みのない都市である。

直行便も運航されていない。ひとまずダラス・フォートワース国際空港まで飛び、乗り換えて成田《なりた》への直行便利用がもっとも便利ですと、玄賽の代理店は説明していた。

「先生は8月3日に成田に帰国されます。代理店から予約便の記録も受け取りました」

PDFの日程表《アイテナリー》がメールに添付されていた。松田は日程表とアルバカーキのシティーガイドを、拡大コピーしたものを提出した。

細かな文字のプリントでは、賢治のさらなる怒りを買いかねないからだ。

2種類のA3判コピーを読み終えると、松田に目を戻した。つい今し方までの怒りの色が、目から消えていた。

代わりに戸惑《とまど》いにも似た目の色を浮かべていた。

「80も近くなった男が、どんな用があってこんな砂漠の町に出向いているんだ……」

松田への問いかけではなく、独り言のようなつぶやきだった。

「よくよくあいつは、アメリカが好きらしい」

それにつけても、なんでアルバカーキなんだと、賢治はまたつぶやいた。

松田と保坂は口を閉じたまま、賢治を見詰めていた。

＊

1960（昭和35）年2月。

銀座通りが雪化粧していた日に、音楽評論社を当時21歳だった玄賽が訪れた。

『銀幕と舞台』の奥付で会社所在地を知ったと、応対に出た女性編集者に告げた。

「大事な話があります。発行人に会わせてください」

大柄な玄賽は手書きの名刺を差し出した。

当時は日本映画が全盛で、なかでも石原裕次郎《いしはらゆうじろう》の人気は凄《すさ》まじいものがあった。

玄賽は裕次郎以上に背が高い六尺《しやく》男だった。

自身も当時としては数少なかった身長175センチの賢治は、大柄な男を好んだ。編集会議を中断して出てきた賢治は、ひと目で玄賽を気に入った。

手書き名刺の玄賽という名にも、深い興味を覚えたようだ。

「キミはコーヒーは好きか？」

これが賢治の第一声だった。

「大好きです」

「好きならいい、外に出よう」

賢治と玄賽は連れ立って雪道を歩き、銀座通りに出た。白一色の町の中で都電のレールだけがきれいに除雪されていた。

玄賽が向かった先は、銀座通りに面したコーヒー専門店、カフェーパウリスタだった。

賢治はモカを注文し、玄賽にも勧《すす》めた。

「飲んでみたいと思ってきましたが、まだ飲める身分ではありませんから」

玄賽はブレンドがいいと答えた。

「身の丈《たけ》をわきまえているのはいい」

目元を緩《ゆる》めた賢治は、モカ二つを注文した。運ばれてきたカップからは、芳醇《ほうじゅん》な薫りが立ち上っていた。

社での初対面からここまで、賢治はなにひとつ来訪の目的を訊《たず》ねてなかった。モカをひと口味わったあと、初めて玄賽に問うた。

「どうしてキミはうちに来たんだ？」

玄賽は布製バッグを開き、一枚の写真を取り出した。8×10インチのアメリカサイズである。

写真には家具のようなものが写っていた。

「2年前、1958年にアメリカで発売されたJBLのパラゴンです」

玄賽は渋谷《しぶや》区の米空軍将校の住宅、ワシントンハイツのPX（売店）にアルバイトで勤めていることを明かした。

玄賽は写真を手に持ち、モカをすすった。

家具ではなく、3ウェイのスピーカー・システムだった。

賢治はその日に初めてパラゴンを知った。

「いったいどんな用があって、アルバカーキくんだりまで出かけたんだ……」

賢治の独り言は腹立ちと心配とがまぜこぜになった口調だった。

＊

3

まる一日、ひたすら待ち続けてきた客室の電話が、ようやく鳴った。

２０１５年7月22日、アルバカーキ現地時間午前10時33分だった。

「待っていたぞ」

玄賽はいきなり日本語で話した。野本新助《のもとしんすけ》以外に、この客室にかけてくる者などいなかったからだ。

「お待たせしましたが、やっと手術のアポイントが取れました」

7月29日の午前9時からですと、野本は続けた。

「わたしの帰国便が8月2日の午前4時半発だと、先生は承知しているのか？」

「もちろんです。最初にそれを伝えました」

玄賽の居丈高《いたけだか》な物言いに、気分を害したらしい。野本の返事はぶっきらぼうだった。

相手の口調で、玄賽も省《かえり》みたらしい。

「キミの電話を昨日から待ち続けていたんだ。きつい物言いに聞こえたのなら詫びるぞ」

詫びると言いながらも玄賽は、横柄《おうへい》な口調を続けた。

「いいんです、あなたの口調には慣《な》れてますから」

野本は突き放すような口調で応《こた》えた。

「それより米田さん、ドクター・グッドマンのアポを取り付けたんです。約束のギャラは今日中に払ってください」

野本は電話の向こうで強く迫った。

「もちろん払うが、今日は200ドルだ」

残り1800ドルの支払いは手術当日、クリニックで着替えを始める直前だと玄賽は確認した。

「おれの都合で済みませんが、今日のうちに半金の1千ドルをもらえませんか?」

29日のオペは間違いないですからと、野本は語気を強めた。

受話器を握ったまま、玄賽は黙っていた。

野本は聞こえよがしのため息をつき、野太い声で続きを始めた。

「おれは一度も、米田さんとの約束を破ったことはないですよ」

こちらの頼みを聞いてくれますよねと、物言いには脅《おど》しのにおいをはらんでいた。

「聞くしかないだろう」

玄賽も不機嫌さを隠さずに応じた。

「このホテルにはＡＴＭがない」

「空港ならありますから、おれが送ります」

「当然だろう」

玄賽はさらに無愛想《ぶあいそう》さを膨《ふく》らませて応じた。

「いつ来るんだ？」

「12時までには迎えに行きます」

空港のフードコートでランチを一緒にどうかと、野本が誘った。

「フードコートの出来合い料理など、一度食えば沢山《たくさん》だ」

玄賽は言葉を吐き捨てた。

空港ビル２階には、だだっ広いフードコートがあった。

しかしどの店も、供するものは作り置きの料理ばかりだ。ひと口食べると口のなかが脂《あぶら》で粘《ねば》り気味となった。

薄い紙皿は脂が突き抜けてしまい、皿の裏までべたついてしまう。

カネをくれると言われても、二度とごめんだと玄賽は忌《い》み嫌っていた。

「だったらどうすればいいんですか？」

「初日にあんたが連れて行った定食屋《ダイナー》がいい。あそこならＡＴＭもある」

玄賽がどこを指しているのか、野本は即座に理解したようだ。

「ジーンズのガンマンがいた店ですね」

野本は念押しをした。

客のなかにはホルスターつきガンベルトを腰に回し、リボルバーを所持している男が何人もいた。

まるで西部劇のサロンのような光景に、玄賽は両目を大きく見開いてしまった。

あの店ですねと野本は確認を求めた。

「そこだと言ったはずだ、念押しは無用だ」

玄賽は面倒くさそうに応えた。

「分かりましたよ、米田さん」

野本の冷笑を思い浮かべた玄賽は、なにも言わずに電話を切った。

わずかな会話しかしなかったのに、枕元のデジタル時計は10時45分を表示していた。

会話よりも、受話器を握って黙っていた時間のほうが長かったようだ。

カウチに移った玄賽は、紙コップのコーヒーに手を伸ばした。投宿中のエアポート・ヒルトン・インは2階建てのモーテルだ。

空港へのアクセスがよく、玄賽はこのインを定宿《じょうやど》としていた。

無料の朝食はメニューが多彩で、目玉焼きもベーコンも美味《うま》い。

ここの朝食に満足している玄賽である。

あのひどいフードコートでカネを払うことには、我慢ならなかった。

いま手を伸ばした紙コップのコーヒーも、フロント脇のスタンドで終日サービスされているものだ。

いつ飲んでも煮詰《につ》まってはいない。だれかが気にかけて、常にフレッシュなコーヒーをドリップしているのだろう。

カウチに寄りかかった玄賽は、紙コップをテーブルに戻して軽く目を閉じた。

初めてアルバカーキを訪れてから今日までのことが、じわじわと思い返され始めた。

＊

1998（平成10）年8月14日に、玄賽は初めてアルバカーキ空港に降り立った。この都市で開催されていたオーディオ見本市を見学し、買い付けもするための訪米だった。

行ってみろと強く勧めたのは賢治である。

「あんたが常々強く推奨《すいしょう》しているJBLのパラゴンが、全米から200台も結集する見本市だというじゃないか」

賢治は音楽評論社のオーナーである。オーディオ機器に関する質の高い情報は、賢治の耳にも届いていた。

「あんたの出張なら、堂々とビジネスクラスを使えばいい」

賢治に強く言われたが、玄賽は気乗りがしなかった。

パラゴンの大集結には大いに気持ちがそそられた。しかしアルバカーキまでは乗り継ぎで18時間の長旅である。

近頃の玄賽は飛行機搭乗のたびに、耳にひどい違和感を覚えていた。気圧の急激な変化で、内耳《ないじ》に異変が生じている気がした。

しかしオーディオ評論家が耳に故障めいたものを抱えているなど、断じて知られたくなかった。

とりわけ賢治には隠していたかった。

「耳なら○○大学病院が一番だ。すぐに行ってみなさい」

親切心は分かっていたが、通院を押しつけられるのは重荷だった。賢治の耳には、玄賽の症状が逐一《ちくいち》知らされるに決まっていたからだ。

18時間もの飛行機は、たとえビジネスクラスでも気が進まなかった。

腰の重たさに業《ごう》を煮やした賢治は、大きなエサを提示した。

「あんたが気に入ったパラゴンを、編集部とわたしの部屋とに買い付けてもらいたい」

まさに断り切れない提案だった。

すでに生産が終了した名器だ。１９９８年の生産国米国市場でも、パラゴンは1台２００万円は下らないと言われていた。

船便を使ったとしても、乙仲《おつなか》（通関代行業）の費用も相当にかかる。

賢治は経費を承知のうえで、２台の購入を提案していた。しかも往復ビジネスクラスの搭乗である。

「パラゴンを満足のいく音で鳴らすためのアンプなども、見本市で買い付ければいい」

すべてをアルバカーキから送り出せるように、現地のコーディネーターも雇えばいい。

賢治は経費に限度を設けず、玄賽に渡米を勧めた。

世の中はまだ景気低迷を続けていた。こんな太っ腹な話は、近頃聞いたことがなかった。

「分かりました」

玄賽も承知してアルバカーキへの買い付け旅行が決まった。

１９９８年の還暦《かんれき》をきっかけに、玄賽は運転免許証を返納した。視力が落ちていたし、反射神経も鈍化《どんか》していた。

「故障する可能性があるものは、かならず故障する」は、マーフィーの第一法則である。運転を続けていたら、かならず事故を起こすに違いないと感じていた。

先々の自分の姿を予想する知恵を授《さず》かるのが還暦だ、とも玄賽は考えた。

いままでなら旅先の移動はレンタカーを使った。免許証を返納したことで、それができなくなった。

コーディネーターを雇うようにと、賢治の許可を得ていた。旅の手配を任せてきた旅行代理店に、アルバカーキの日本人コーディネーターの手配も依頼した。

それが野本新助だった。

現地で面談した玄賽は、野本が有能であることに満足した。

野本もオーディオマニアで、『月刊オーディオ』は日本から取り寄せて毎月読んでいた。

「あの玄賽さんの手伝いができて光栄です」

オーディオ見本市に出品されていたパラゴンの代理店を、即日一社残らず調べ上げた。

アルバカーキ市内のオーディオショップも通関業者も、リストで玄賽に提出した。

パラゴン2台の買い付けにおいても、野本はタフな交渉能力を発揮した。

マッキントッシュのパワーアンプとコントロールアンプは、野本が型番まで玄賽に代わって選んだ。

アルバカーキには米戦略空軍の基地があり、6万人もの空軍軍人とその家族が暮らしていた。

空軍将校にはオーディオマニアが多く、ショップの品揃《しなぞろ》えも充実していた。

「このアンプに触《さわ》るのが夢でした」

ブラック・フェイスのマッキントッシュを選ぶときは、まさに目を輝かせていた。

野本の選択には玄賽も納得した。

すべての買い付けも終わった8月19日、明日から数日は自由に過ごそうと玄賽は決めた。

帰りの航空券はオープンである。帰国日は自分の都合で決められた。

もう一度、市内のオーディオショップ巡りをしたいと考えていた。

野本を労《ねぎら》うつもりで構えたディナーの席で、玄賽は耳に激痛を感じた。

「ここには世界的に知られた、セレブ専門の耳鼻科《じびか》名医がいます」

玄賽の旅行傷害・疾病《しっぺい》保険の条項を精読した野本は、保険が使えると判じた。

中座して、診療が受けられるかを確かめに電話をかけた。

「明日朝、7時半なら診てもらえます」

診療時間外だが、日本人の患者は滅多《めった》にこないから診療してもいいと、ドクターは乗り気だったらしい。

「重ね重ねありがとう、野本クン」

数々の働きに対して、100ドルの心付けを差し出した。

野本の表情が険しくなった。

「これは冗談ですか？」

パラゴン、マッキントッシュの買い付けから、運送業者との交渉。

それに加えて予約の困難な名医まで手配したのに、100ドルの心付けはひどすぎると不満を口にした。

心付けの額に文句を言われた経験のない玄賽は、戸惑い顔を拵《こしら》えた。

「わたしはこの地の心付けの相場には疎《うと》い。すまないが、ずばり金額を言ってくれ」

「クリニックに案内するまでなら、200ドルでいいです」

あとは診療費の5パーセントをもらいますと、野本は金額を提示した。

「治療費は高額でしょうが、すべて保険が適用されるように取り計らいます」

保険代理店を運営していると、自分の仕事内容を口にした。

「5パーセントは、その作業の手数料です」

野本は顔つきも口調も、したたかな営業マンのものに変わっていた。

4

野本の車でグッドマン・クリニックに向かった。1960年代前半の、アメ車華《はな》やかなりしころの白いシボレーだった。

空港近くの進入口からフリーウェーに入った。まだ朝の7時前だというのに、すでに暑い。アルバカーキは盆地で、フロントガラス越しの太陽が、容赦《ようしゃ》なく噛《か》みついてきた。猛々《たけだけ》しい朝日を顔に浴びたら、いきなり耳の痛みが増した。

年代物のシボレーは、運転席もベンチシートだ。助手席も運転席も連《つら》なっている。シートを倒して朝日を避《さ》けたいが、倒すことができない。

「サンバイザーを手前に倒して、朝日を遮《さえぎ》ってください」

野本は前を見詰めたまま、そう告げた。クリップボードほどもあるサンバイザーを倒すと、眩《まぶ》しい朝日が遮断できた。

アルバカーキを取り囲むように造られたフリーウェーを、巨大な空港の北側で下りた。側道伝いに直進し、最初の交差点を左折した。

町の街路樹は、ひどい乾燥と強い陽光にも耐《た》えられるヤシが多い。ひときわヤシが群れている平屋の手前でシボレーは停車した。

金網フェンス囲いのクリニックゲートは、制服姿のガードマンが警備についていた。

野本はパスを呈示し、ゲート内に乗り入れた。車は玄関前では停《と》まらず、平屋の裏側へと回った。

玄賽は駐車場の広大さと、高級車がずらりと並んだ光景に圧倒された。

優に２００台は駐車できるだろう。白ペイントで区画された１台分のスペースは、東京の駐車場の５割増しの大きさだった。

しかも通路の幅が広い。大型車が楽にすれ違いできる幅があった。

もはやクラシックカーのような野本の車は、車体が無駄に大きい。そんな車でも、区画は両サイドに充分なゆとりがあった。

停まっているのはキャデラック、リンカーン、クライスラー、ロールス・ロイス、メルセデスなど、ショーファー（運転手）が運転するリムジンが大半である。

エイのようにテールが広がった野本の車は、高級車の群れから離れて駐車していた。

「少し急ぎましょう」

玄賽の腕時計は午前7時20分を指している。駐車場からクリニック玄関まで、300メートルは歩くことになりそうだ。

獰猛《どうもう》な朝の陽《ひ》に炙《あぶ》られた玄賽は、はやくも肌着が汗に濡《ぬ》れ始めていた。

「ここからあの玄関まで歩くのか?」

玄賽の口ぶりが尖っていた。なにも駐車場まで乗せてくることはないだろうにと、口調が告げていた。

「わたしはあなたのショーファーじゃありませんからね」

乾《かわ》いた口調で応えた野本は足を速めた。遅れるのが腹立たしい玄賽は、息を弾《はず》ませつつ野本を追った。急ぎ足を続けながら、なぜこんなに横に広がっているのかと訊《き》いた。

広大な駐車場の幅一杯に、平屋のクリニックが広がっていたからだ。

「建物を上に伸ばす建築費よりも、地価のほうがはるかに安いんです」

それに年配患者の多いグッドマン・クリニックは、上り下りのない平屋が適しているんですと付け加えた。

玄関を入るとエアコンが吐き出す冷風が、身体《からだ》にまとわりついた。肌感覚が違うのか、東京では考えられないほどに強烈な冷やし方である。

肌着の汗が一気に干上がるのを感じた。

クリニックは完全予約制で、しかも患者ごとに個別の治療室が用意されていた。玄賽が案内されたのは9号室だった。

マホガニー材の重厚なドアを、案内のナースが開けて先に入った。野本はドクターの所見説明が済むまで付き添う約束である。

ナースに座れと指図されたのは、巨大な背もたれつき黒革《くろかわ》の椅子《いす》だった。野本は事務用の椅子に腰を下ろした。

ナースは早口で質問を続けた。野本は専門用語まで理解できるらしい。何を訊かれても即座に日本語に通訳し、玄賽の返事を淀《よど》みのない英語で伝えた。

問診終了後、玄賽は聴力検査室に案内された。完璧な遮音ブースでヘッドホンを装着した。音が聞こえたらボタンを押すようにと、野本が通訳した。

さまざまな周波数の検査に、30分もかけた。ヘッドホンはドイツのゼンハイザーだ。

スタジオ録音には、何度も立ち会ってきた玄賽である。聴音テスト施設がいかに優れているかは、経験で判断できた。

ゼンハイザーは音声マンには必携の高性能のモニターヘッドホンだ。そんな製品を、聴力検査に使用していることに感心した。

検査終了後、1時間も待たされた。

「米田さんの検査結果を、精密にチェックしているんです」

長く待たされることに、玄賽が苛立《いらだ》ちを覚えるのではないかと案じたようだ。

「わたしのことなら心配は無用だ。いかに優れた検査を施されたか、よく分かっている」

玄賽の物言いは正味だった。

午前9時半にドクター面談となった。

ドクター・グッドマンの部屋は、最新機器の揃った録音スタジオ調整室の如《ごと》くだった。

「あなたは中耳《ちゅうじ》にひどい損傷を負っている」

ドクターが口にする所見を、野本はていねいに逐次《ちくじ》通訳した。

手術をすれば快復するが、効果は15年しかもたない。2013（平成25）年には、かならずまた不調を来《きた》すだろう。

「あなたはオーディオ関係の仕事に従事している。15年後に発症する症状は、あなたの仕事には致命的な損傷で、80〜85パーセントの確率で生ずるだろう」

ここまでの説明を聞いた玄賽は、身じろぎもせずドクターを見詰めていた。

その真摯《しんし》な態度に、感ずるものがあったのだろう。

「案ずることはない」

ドクターの口調が柔らかみを帯びていた。通訳する野本も、口調を和《やわ》らげた。

「発症したら、直《ただ》ちにここに出向いてきなさい。わたしなら治療ができる」

なにより大事なことは発症から治療に取りかかるまでの時間差を、極力広げないこと。手遅れとなったときには、わたしでも治せなくなる……。

ドクターはヘッドホンを玄賽に装着させた。そして制御卓を操作して、特定の周波数の音を聴《き》かせた。

ヘッドホンを外させて、説明を始めた。

「あなたに今後生ずる症状は、いま聴かせた特定の高音域が、聴力からすっぽりと抜け落ちることです」

音の変化が分かりやすいのは口笛だと、ドクターは告げた。そしてもう一度ヘッドホンを装着させて、一枚のCD再生を始めた。

ミッチ・ミラー楽団が演奏する『口笛《くちぶえ》吹《ふ》きと犬《いぬ》』『クワイ河《がわ》マーチ』と、仏映画『冒険《ぼうけん》者《しゃ》たち』のタイトルバックのサウンドトラックである。

これら3曲が収録されていた。いずれも口笛が重要な楽器だった。

「この先、月に一度はこのCDを再生し、口笛が異常なく聴けることを確かめなさい」

耳に変調が生じたら、旋律《せんりつ》が歪《ゆが》んで聞こえる。それを感じたら、直ちにここに出向いてきなさい……ドクターは噛んで含めるような口調になっていた。

野本はゆっくりした口調で通訳した。

「なにか質問はありますか？」

ドクターの蒼《あお》い目が光を帯びていた。

「先生の紹介状で、日本のだれかに治療を施してもらうことはできませんか？」

玄賽もドクターを見詰めて問いかけた。野本が通訳する前に、ドクターは玄賽の表情と口調から、質問内容を察していたようだ。

「わたしだけが、あなたの手術をすることができる。治療のための渡米がいやなら、それで結構だ。しかし、100パーセント聴力を失うことになる」

きっぱりとした物言いを聞いて、玄賽もおよその意味を理解していた。野本の通訳に、深くうなずきつつ聞き入った。

「ありがとうございます」

立ち上がった玄賽は、ドクターに深々と辞儀《じぎ》をした。2013年にはかならず来ますと、辞儀が表明していた。

この日の手術は全身麻酔で30分で終了した。麻酔から醒《さ》めるころ、野本が顔を出した。

「米田さんの保険会社と電話で交渉しました。今回の治療費1万8千ドルは、全額保険の適用が受けられます」

疾病費用無制限の保険に加入されていてなによりでしたと、事務的な口調で告げた。

「そんなに高額だったのか」

玄賽からため息が漏れた。

1998年8月は、対ドル為替《かわせ》は145円台で推移していた。出発前、賢治は会社が保険料を支払って、玄賽に疾病金額無制限の旅行傷害保険に加入させた。

「アメリカは医療先進国だが、医療費の高いことでも最先端の国だそうだ」

なにが起きるか分からないからと、渋る玄賽に高額保険の加入をさせた。

死亡保険金は5億円で、受取人は玄賽の妻となっていた。

あまりに高額な保険金ゆえ、保険代理店に保険会社課長が同席して契約していた。

「わたしには治療費の5パーセント、900ドルを支払っていただきます」

「承知した」

玄賽は即座に答えた。内耳に感じた激痛は完全に失《う》せていた。のみならず、聴力までアップしているように思えた。

「野本さんのおかげだ」

退院したあとで、玄賽は1千ドルを支払った。100ドルは感謝の思いの上乗せだった。

「15年後に、またここで再会しましょう」

「そのときは頼む」

互いに連絡先を言い交わし、玄賽は帰国の途についた。

野本の仕事ぶりは完璧で、購入したパラゴンなど、機器一切も問題なく通関できた。

パラゴンの据え付けが終わったころ、野本からメールが届いた。

「次回の治療費は旅行傷害保険ではカバーできません。グッドマン・クリニックから提示された見積りは6万ドルです。外資系の疾病保険もいまから加入しておいてください」

野本が指定する疾病保険のカタログPDFが、添付ファイルとなっていた。

5

事態はドクター・グッドマンが予見した通りの展開になっていた。

手術後の玄賽は、それまで以前にもまして、音の聞き分けが鋭敏になった。

五味康祐《ごみやすすけ》氏が1980（昭和55）年に、荻昌弘《おぎまさひろ》氏が1988（昭和63）年に物故《ぶっこ》してからは、米田玄賽が日本のオーディオ評論界の重鎮となった。

五味氏も荻氏も、ともにイギリス製のタンノイスピーカー・システムを強く推奨していた。

なかでも五味氏のタンノイ好きは図抜けていた。

「タンノイのオートグラフで聴く、バイロイト音楽祭は至宝だ」

五味氏は随所《ずいしょ》でこれを言い切っていた。ＮＨＫＦＭが放送するバイロイト音楽祭のエア・チェック（録音）のために、スチューダ製10インチのテープレコーダを何台も購入したと話題になった。

平サラリーマンの月給が数万円だった時代に、スチューダのレコーダは１台35万円の高値だった。

米国スコッチ社製10インチの録音テープは、１巻数千円もした。

そんな時代に五味氏はエア・チェックを続け、タンノイのスピーカーで再生していた。

玄賽は当初からパラゴンおよびＪＢＬのモニター・スピーカーを強く推《お》していた。が、五味氏と荻氏の存命中は、先輩諸兄に遠慮して大声でのＪＢＬ推奨は控《ひか》えていた。

１９８８年７月に荻氏が逝去《せいきょ》し、その一周忌が過ぎた１９８９（平成元）年からは、遠慮なしにＪＢＬ推奨を『月刊オーディオ』で唱え始めた。

１９８９年当時のデジタル音楽は、ＣＤが全盛だった。オーディオ各社は競って高級Ｃ

Dプレーヤーを市場に供給していた。

玄賽が推奨するJBL社製のモニター・スピーカーは、パラゴンも含めてデジタル音楽再生に抜群の性能を発揮した。

メリハリのある再生音は、欧州製スピーカーの重厚な音を凌駕《りょうが》していた。

CDの隆盛は玄賽をオーディオ評論家の頂点へと押し上げた。

1998年のグッドマン・クリニックでは、耳の快復は時限効果で、15年後には変調を来すと警告していた。

玄賽は常にそれを意識していたが、時代の流れは大きく玄賽に味方した。

デジタル音源の増加とともに、JBLを推奨する玄賽の評価も年ごとに高まった。

玄賽を不動の頂点に押し上げたのは、米国アップル社が21世紀元年、2001（平成13）年10月に発売開始したiPodである。

イヤホンで、どこにいても高音質の音楽が聴ける機器《デバイス》。それまでは一般的ではなかったデバイスという用語を、アップル社は一気に世に広めた。

そして次々に他社製の類似製品が発売された。アップル社は改良した自社製品を、世界規模で市場に供給した。

この巨大なウェーブが玄賽に味方した。

皮肉にもデジタルとは真反対の、アナログ音源分野においてであった。

玄賽がオーディオの世界にのめり込む端緒《たんしょ》となったのは、ＪＢＬパラゴンである。

１９５８年に発売が開始された3ウェイ・ホーン型スピーカー・システムは、あたかも楽器の如くであると称された。

アメリカ特産の木材に職人が曲げ加工を加えて、1台ずつ手作りで仕上げたからだ。

アップル社のデジタル音楽デバイスが大流行すればするほど、玄賽はその音に違和感を覚えていた。

五味氏と荻氏が強く推奨した、英国ビッグベンを想起させるタンノイの重厚な音。

その音には馴染めず、玄賽はパラゴンを推していた。タンノイに比してパラゴンが奏《かな》でる音は、メリハリが強く利《き》いていたからだ。

21世紀に入るなり始まったデジタル一辺倒《いっぺんとう》の音作りに、玄賽は嫌悪感すら覚えていた。

１９９８年にアルバカーキで内耳手術を受けたあとは、なおさらデジタル音には生理的な拒絶感があると思い知った。

手術後、音の聞こえ方が格段によくなった。それゆえ人為的に造られたデジタル音が、聴くに堪《た》えないものだと思え始めた。

ところが同じ音源をパラゴンで再生したら、違和感が消えていた。

1950年代の技術を結集して開発されたホーン型スピーカーは、サウンドとともに、あの時代の人肌のぬくもりがある空気までも再生してくれた。

2005(平成17)年5月、玄賽が提案した新企画がスタートした。

『月刊オーディオ』で、若い男女読者50人を募集した。音楽評論社敷地内に建てた試聴ホールに、彼らを招き入れた。

ホール中央にパラゴンを設置し、照明をすべて落とした。そして1998年にアルバカーキで購入した機器一式を使い、レコード再生を試みた。

ロンドン・レーベルのレコードで、シューベルトの『アルペジオーネ・ソナタ』である。

チェロはムスティスラフ・ロストロポービッチ。ピアノはベンジャミン・ブリテンだ。数あるレコードのなかで、1枚だけ選ぶならこれと決めている、玄賽の秘蔵盤だった。

50人の読者を決める際には、編集部が応募はがきの記載事項を厳選していた。

クラシック好きは男女10名ずつに留《とど》めた。

ロック好き、ジャズ好き、オールディーズなどのポップス好きを、各10人ずつ選び出していた。

50人全員に共通していたのは、デジタル音楽の愛好家であることだった。

試聴した楽曲は、ブリテンのピアノから始まった。英国の著名な作曲家ブリテンは、ピアノの名手としても知られていた。

そのブリテンがロストロポービッチを慈《いつく》しみ、寄り添うかのような控えめなピアノのイントロ演奏である。

やがて始まったチェロは、ゆったりとしたテンポで低い音域の旋律を奏で始めた。

まるで試聴室内で、生演奏に接しているかのような響きである。加工された音しか聴いていなかった50人は、音の響きの豊かさに驚いたらしい。

驚きのあまりに息を呑む音が、あちこちから漏れた。

演奏が進むにつれて、さらに驚きが深くなった。ロンドン・レーベルのこの録音は、ロストロポービッチの息遣いまで収めていた。

低音部で弓を強く引くとき、演奏者は「ううっ」と息を吐き出した。

その息音が、はっきりと録音されていた。

パラゴンとマッキントッシュのアンプ、オルトフォンのカートリッジ、テクニクスのターンテーブル。

アナログ音楽再生のチャンピオンたちが、レコードから解き放った珠玉《しゅぎょく》の音。

イヤホン、ヘッドホンが再生する人造音しか知らなかった若者たちは、アコースティックな音の豊かさに驚愕《きようがく》した。

若者の感性は柔軟である。

初めて知った音に、こだわりなく魅了されたようだ。

「音楽評論社の試聴ホールは凄《すご》い」

彼らが広めた評判が重なりあい、いつしかレジェンドの高みにまで昇華していた。

パラゴンの評判が絶頂期へと驀進《ばくしん》を続けていた2013年2月。

玄賽は耳に変調を覚えていた。

6

自分の耳を騙《だま》し騙し使うしかなかった。

玄賽の音楽評論とオーディオ評論が、二十代から四十代までの世代に大受けしていた。

この世代は電気的な細工・加工をされていないアコースティック・サウンドには、あまり馴染みがなかった。

パラゴンが奏でる自然な音に初めて接したとき、言葉を棄《す》てて身震《みぶる》いした。

「玄賽先生のオーディオ評論を聞きたい」

その声の高まりは、映画評論家の故淀川長治《よどがわながはる》氏を求めるうねりに似ていた。玄賽も淀川氏も、アナログの同じ香りを漂わせていたのだろう。

他のオーディオ評論家がなにを言っても、玄賽が重ねてきた年輪を真似《まね》たり超えたりすることはできなかった。

玄賽ブームが沸騰《ふっとう》したことで、耳の変調を自覚していても休むことができなかった。

しかし2013年4月には、致命的ともいえる身体的不具合が生じた。

口笛が歪んで聞こえ始めたのだ。

ドクター・グッドマンの処方を、玄賽は忠実に守っていた。「口笛」の聞こえ方を内耳変調察知のモニターとしていた。

4月3日夜10時。講演会から帰宅した水曜日の夜、玄賽はコンポのスイッチを入れた。

仕事先では最先端のオーディオ機器ばかりに接しているのだ。自宅で聴くのは、肩の凝《こ》らない安価なコンポだと決めていた。

最初に聴くのは『冒険者たち』で決まりだ。CDが回り、演奏が始まった。

ピアノが旋律を弾き、ベースとドラムが伴奏する。仏映画のタイトルバックらしい、洒《しゃ》落《れ》たイントロ部だ。旋律が1コーラス終われば、口笛が主旋律の演奏を始める。

カウチに寄りかかった玄賽は、あたまの内で先にメロディーを走らせていた。

口笛を聴いたときは、息が詰まりそうになった。調子外れで、旋律になっていなかった。

カウチから飛び起きると、演奏を停止させた。そしてCDを取り出し、クリーナーを吹きつけて盤を磨いた。磨きながら祈った。

どうかあれは、CDが汚れていたための不具合でありますように、と。

強く願いながら玄賽はしかし、冷静に事態を理解しようと努めていた。

ピアノもベースもドラムも、なんらおかしな音ではなかった、と。

念入りに磨いたCD盤をもう一度再生した。

イントロが終わって始まった口笛は、さきほど以上に調子外れに聞こえた。高域の音が抜けていて、旋律になっていなかった。他の2曲を試しても結果は同じだった。

ふうっ。

深いため息をついたあと、アルバカーキの野本に電話した。いつ何時でもつながりますと、野本が断言していた番号である。

日本とは違う長い呼び出し音が5回鳴ったとき、日本語で野本が応答した。

「どうかしましたか、米田さん」

前回話してから2年近くが過ぎていたが、野本の電話には玄賽が登録されていた。

「たったいま、グッドマン医師に言われていた症状が発生した」

気持ちを落ち着かせようとしても、声の震えは抑えが利かなかった。

「いつ来られますか？」

余計なことを言わない野本の乾いた応答だ。気持ちが栗立《あわだ》っているいまの玄賽には、気遣われないほうが楽だった。

「アルバカーキでまたパラゴンの展示会が急に決まったと、案内状をでっちあげてくれ」

オーナーと談判《だんぱん》して、すぐに向かうと野本に答えた。

「いま東京は、水曜日の午後10時過ぎですね？」

「そうだ」

「午前3時までに仕上げてPDFで送ります」

5時間待ってくださいとだけ告げて、電話を切った。

野本は時間に正確な男だ。

今後に控えている過密な日程を考えた玄賽は、4時間の仮眠をとることにした。75歳となったいまでは、4時間の眠りで充分だった。

仮眠から起きて湯につかった。充分に身体を温めて、湯から上がった。モカの豆を挽いてコーヒーを淹れ終わったとき、野本から電話がかかってきた。

「資料は仕上げました。航空券の予約と、旅行傷害保険も手配しました」

15年前に加入していた疾病保険の有効性も確認したと、野本から告げられた。

「いつも通り、大した手際だ」

賞賛と皮肉が混在している言葉で答えた。

「今回の手術代は10万ドルまで保険でカバーできます」

5万ドルまでなら手数料は5パーセント、それ以上の場合は3パーセントだと、野本は自分の手数料を口にした。

「10万ドルまで保険を適用させますから、限度ぎりぎりの方が手数料は安くて得です」

詳しくはPDFを参照して欲しい……野本は乾いた口調のまま電話を切った。

パラゴン関連のイベントは、『月刊オーディオ』の独壇場《どくだんじょう》だった。

JBL社日本法人と付き合いのある出版社やオーディオ販売店は多数あった。しかしパラゴンはすでに生産終了した機器である。

JBL社とて本装置を入手するには、市場から調達するほかなかった。

米国オーディオ市場に対しては、『月刊オーディオ』が緻密《ちみつ》なネットワークを有していた。

すべて野本が構築したものである。

他社の追随《ついずい》を許さぬ、『月刊オーディオ』が占有する牙城《がじょう》と言えた。

そして牙城の城主が米田玄賽だった。

＊

「急なお願いになりますが、米国出張させてください」

未明に受け取ったPDFをプリントアウトした玄賽は、賢治に提出した。

「全米のパラゴン愛好家が、秘蔵の名器を3日間だけ出展する」

会場はテキサス州ダラスのコンベンションセンター。厳選された招待客だけが入場できるとゴチック体の赤字で書かれていた。

招待客リストには米田玄賽の名もあった。

アルバカーキの地名を賢治に印象づけないように用心した、野本の労作だった。

「ぜひ行ってくれ」

パラゴンが購入できるなら、金額に限度は設けないと、賢治は大乗り気だった。

「あんたの講座と試聴イベントのおかげで、方々からパラゴンを買ってくれと頼まれて往生《おうじょう》している」

留守は『月刊オーディオ』編集部でなんとでも対応すると、賢治は上機嫌だった。

玄賽は翌日出発のダラス行き直行便で旅立った。滞米中の日本からのコンタクトは、野本が用意した携帯電話でカバーできた。

＊

グッドマン・クリニックの手術は、例によって万全かつ完璧だった。術後のリスニング・チェックはヘッドホンとパラゴンの両方で2時間実施した。パラゴンを使ったのは、ドクターが玄賽の職業を完全に理解していたからだ。口笛の響きも、パーフェクトに戻っていた。

ドクターとの最終面談にも、野本が通訳として同席した。

「あなたの内耳に、特殊小型補聴器を埋め込んである。この手術も補聴器埋め込みも、このクリニックでしかできない」

グッドマンの説明に玄賽は深くうなずいた。

「電池が動作する限り、あなたの聴力はシカゴ交響楽団のコンサート・マスター以上だ」

ドクターはふたりの助手を部屋に呼び入れた。ひとりは音叉《おんさ》を手にしており、もうひとりはギターを抱えていた。

「これからギターを調音する」

「だれが、ですか？」

思わず玄賽は問いを発した。

「もちろん、あなただ」

玄賽がピアノ弾きだと、ドクターは野本から聞かされていた。調音は音楽家の基本だ。

助手たちがギターと音叉を玄賽に手渡した。

440ヘルツの音叉を靴底《くつぞこ》にぶつけた玄賽は、音を聞きながらギターのA《アー》線の調律を始めた。

Aを仕上げたあと、他の弦も調音してドクターにギターと音叉を戻した。

助手たちは診療室内の無響室に入り、玄賽が調律した弦を順に弾いた。

美しいサイン・カーブがモニターに表示された。デジタル表示された周波数は、各弦が完璧に調律されていることを示していた。

玄賽は自分の聴力の正しさを知り、気持ちが大いに緩んだ。

「ありがとうございます」

手術への礼を言うと、ドクターの表情が引き締まった。

「ミスター・ノモトから聞いているでしょうが、手術代、器具代、電池代合計で10万ドルです」

6万ドルだったかつての見積もり額が、一気に10万へと跳ね上がっていた。

「保険会社が支払い保証をしていましたので、今回の手術を実行しました」

支払いの確証なしでは、今後は手術には応じないと医師は硬い表情で告げた。

「あなたの電池稼働時間は2年です。2年後にまたここで逢《あ》えるよう、あなたの努力に期待しています」

ドクター・グッドマンは、まるで商人のような口調になっていた。

電池交換にいったい幾らかかるのか、ドクターは教えようとはしなかった。

わずか2年後に、またここに……。

玄賽はドクターの前で深いため息をついた。

野本とドクターは、意味ありげな目を見交《みか》わしていた。

7

2015年7月22日、正午過ぎ。玄賽と野本はダイナーの白いテーブルを挟んで、向かい合わせに座っていた。

この店はランチタイムでも朝食メニューを提供してくれる。玄賽は卵2個の目玉焼きにベーコン、ホームフライのポテトを注文した。

薄いコーヒーとベーコンの塩味は、すこぶる相性がいい。

手で摘《つま》んで食べられるほどに、カリカリに焼かれたベーコン。これを口にするたびに、玄賽は初めて渡米した1965（昭和40）年のニューヨークを思い出した。

賢治がすべてを段取りして、まだ27歳だった玄賽を渡米させた。

思えばあの年から、玄賽は賢治が敷《し》いたレールを走っていた。

そんな感傷を追い払うかのように、ベーコンを奥歯で嚙みくだいた。

しかし嚙んだベーコンの塩味で、たちまちカーネギーホール近くのダイナーを思い出した。

すでに50年が過ぎた初渡米時は、町で目にするものすべてに興奮した。

77歳のいまとなっては、なにを見ても「それぐらいのことか……」と、いなしてしまう。

流れ過ぎた歳月のなかで、玄賽は大きく変わっていた。が、ダイナーの朝食メニューには、いまも変わらぬ愛情を抱いていた。

ベーコンエッグを食べている間だけは、耳の不調も忘れさせてくれた。

野本はハンバーガーを注文した。

「どうやらあんたには、ハンバーガーがソウル・フードらしいな？」

わたしのベーコンエッグと同じだと、玄賽の方から話しかけた。

野本はマスタードを塗《ぬ》っていた手を止めて相手を見た。玄賽から話しかけることなど、滅多になかったからだ。

しかも前金の払いを約束の5倍、1千ドルにしてくれと強談判《こわだんぱん》してのランチである。この店入口のATMで、渋々玄賽は現金を引き出していたのだ。

機嫌のいいはずがなかった。

その玄賽が、自分から話しかけてきた。野本が手を止めたのも無理はなかった。

「初めてアメリカで食べたのが、ハンバーガーでした」

言い分を聞いて、玄賽は深くうなずいた。

野本はナイフで分厚くマスタードを塗ってから、大口を開いて頬張《ほおば》った。ひと嚙みで、ハンバーガーに大きな窪《くぼ》みができた。

まだ飲み込まずに嚙んでいる最中に、玄賽はテーブルにキャッシュを置いた。フランクリンが描かれた、高額100ドル札だ。

日常の暮らしで100ドル札を使うのは、まれだ。が、日本人は無造作にこの札を使う。

野本は積み重ねられた札を見ても、顔色を変えなかった。

急ぎハンバーガーを飲み込んだ野本は、手に持った残りを皿に戻した。

「ありがとうございます」

野本は調子の高い声で礼を言った。手にするまでもなく、札は1千ドル以上あると察したようだ。

慣れた手つきで数え終わったときは、目の端《はし》が緩んでいた。

「まさか一度に全額いただけるとは……」

野本が礼を言っている途中で、玄賽が割って入った。

「治療費が幾《いく》らになろうが、疾病保険で処理できるというのは間違いないだろうな」

玄賽の目は強い光を帯びていた。

緩んでいた野本の目の端が引き締まった。

「そのことで、大事な相談があります」

ハンバーガーの載った楕円《だえんけい》形の白い皿を脇にどけて、周囲を見回した。聞き耳をたてている者がいないかを確かめたのだろう。

地元民《ロコ》しかいないこのダイナーでは、玄賽と野本がガイジンだ。日本語なら、微妙な話でも盗み聞きされる心配はなかった。

それを百も承知でいる野本が、周囲を気にしたのだ。玄賽はさらに目の光を強めた。

「おれはこの町の裏カジノに、首まで浸《つ》かっていましてね。相当な借金を負ってます」

玄賽が訊きもしないのに、野本は裏カジノの子細を話し始めた。

メキシコ系の住民や移民が多いアルバカーキでは、メキシカン・マフィアが裏社会を牛耳《ぎゅうじ》っていた。

情報が欲しくて接触しているうちに、野本は裏カジノに嵌《は》まってしまった。

「あんたなら、2万ドルまでのクレジットを用意してやろう。その範囲内なら、好きなだけ遊んでいい」

クレジットの利息は毎月精算で7パーセント。1万ドルの借りなら月に700ドルの高利だ。ときに大勝ちすることもあったりしたことで、払いに支障なくカジノに出入りできていた。

が、先月半ばから大負けが続き、たちまち2万ドルの借金を負ってしまった。

毎月の利息支払日を明日に控《ひか》えた今日、野本は約束額以上の前金支払いをせがんだ。

説明に区切りがつくまで、玄賽は黙って聞いていた。野本が口を閉じたとき、飽《あ》き飽きしたという表情で話しかけた。

「あんたが博打《ばくち》で身を持ち崩したとしても、わたしにはかかわりのない話だ」

2千ドル以上の支払いには応じないと、強い口調で告げた。

「今回はそれで結構ですが、次回からはこんな額では収まりませんから」

ぞんざいな口調になった野本は、玄賽に向かってあごを突き出した。まるで挑みかかってくるかのような振る舞いである。

「どういうことだ、それは」

玄賽の声が尖っていた。

「どうもこうもありません。次からは治療費が、さらに高くなるでしょうと言ったんです」

2千ドルをジャケットの内ポケットに押し込んだあと、野本はハンバーガーの残りを頬張った。

「聞き捨てならないことを言うじゃないか、野本クン」

小声で話しているつもりだったが、声の尖りは鋭くなっていた。しかも大きな声になっていたらしい。

隣のテーブルでハンバーガーを食べていた男が、身体を横に向けて玄賽を見ていた。

「また2年先に電池が切れたときは、さらに治療費が上がると脅しているのか！」

玄賽は言葉で野本に斬《き》りかかった。答える前に野本は、玄賽を見ている男に目を向けた。白目が大きくなっていて、凄みに充《み》ちた目である。男は慌てて目を逸らした。

「腹を立てるのは勝手ですが、おれに食ってかかるのは筋違いでしょう」

治療費を決めるのはグッドマン・クリニックだと、三白眼《さんぱくがん》を玄賽に向けた。

腹立たしいが、野本の言い分は正しい。食べる気が失せてしまった玄賽は、料理の残った皿を脇にどけた。

ふたりのやり取りを遠目に見ていた銀髪のウエイトレスが、片足を引きずりながら近寄ってきた。

「フィニッシュ?」

問われた玄賽は、億劫《おっくう》そうにうなずいた。チップが期待できないと思ったのか、ウエイトレスは乱暴な手つきで皿を取り上げた。

ナイフとフォークが皿に強くぶつかり、耳障《みみざわ》りな音を立てた。

フロアを踏み鳴らすようにして彼女が離れたあと、野本が口を開いた。

「保険会社が治療費を青天井《あおてんじょう》で負担するように、わたしなら仕向けられます」

椅子の背もたれに寄りかかったまま、野本はこれを口にした。

玄賽は目の光を弱めずに見詰めていた。

野本は身体を起こし、テーブルに肘を載せて上体を前に出した。

「わたしと組めば、米田さんは治療費支払いの心配はいらなくなります。月々の保険料も、高くても月額10万円を超えることはありません」

1年間120万円の保険料を払うだけで、たとえ治療費が50万ドルを超えてもすべて保険でカバーできる仕組みを作る。

「50万ドルなら、米田さんがわたしに支払う手数料だけで1万5千ドルですが、手数料も保険金に上乗せして請求します」

玄賽の負担が月額10万円を超えることにはならないと約束します……野本は確かな口調でこれを請《う》け合った。

玄賽は言質《げんち》を与えることを控えた。

「今回の治療が満足ゆく形で成功したあとで、もう一度あんたの話を聞こう」

今回の治療費が幾らになろうが、いま渡した2千ドル以上は払わないぞと、強い口調で申し渡した。

「いいですよ」

野本はひとを小馬鹿にしたような答え方をして、ランチの談判を閉じた。

玄賽が先に立ち上がろうとしたら、野本はそれを抑えた。

「ひとつ、言い足すことがあるんです」

野本の白目が大きくなっていた。

「米田さんの居丈高な物言いから察するに、大きな勘違いをされてるようですが」

三白眼を見開いて玄賽を睨み付けた。

「通常の疾病保険で、あの高額な治療費全額を払うのは、完全に不法《イリーガル》な行為ですからね」

保険契約者だという、大きな顔は通用しない。保険適用が受けられるように、取り計らってもらっている身分でしかない。

「米田さんの保険が効くようにするために、何人もが手を貸してくれています。もういまさら、自分とイリーガルとはかかわりがないなどとは、言えないと思いますよ」

脅し口調で告げた野本は、唖然《あぜん》とした表情の玄賽を残して立ち上がっていた。

＊

午前10時半から始まった手術は、全身麻酔で行われた。手術に要したのは1時間だ。

玄賽が麻酔から醒めたのは手術が終わってから2時間後の、２０１５年7月29日午後1時半だった。

「補聴器の性能を、最上級のものに取り替えました」

試聴室には、回復室から車椅子で連れて行かれた。ドクター・グッドマンから告知された通り、玄賽の聴力にはさらに磨きがかかっていた。

ヘッドホンで聴力を測定したあとは、パラゴンが設置されたリスニング・ルームに初めて案内された。

前回の術後検査では、聴力測定に重きが置かれていた。

「あなたの好みに合わせて、シューベルトを試聴しましょう」

ドクター・グッドマン、玄賽、野本の3人で『アルペジオーネ・ソナタ』の全曲を聴いた。

ロストロポービッチの息遣いは、音楽評論社のホールで聴いたとき以上に鮮明な音で迫ってきた。

残響を充分に考慮して造られたリスニング・ルームである。照明のない闇のなかで、再生機器の電源ランプと音量を示すVUメーターだけが光っていた。

聴き終わったときの玄賽は興奮のあまり、ソファーから立ち上がれなかった。

先に立った野本は、玄賽を再び車椅子に乗せて診療室まで運んだ。

ドクターは車椅子の後についていた。

部屋に入ったあと、玄賽は車椅子から降りた。もう無用と、ドクターの指図だった。

「音の響きはどうでしたか？」

「完璧です」

玄賽の物言いには、77歳とも思えぬ強い張りがあった。

「それはなによりです。高い器具だけの効果があったのでしょう」

ドクターは当然という顔で応じた。

玄賽は深呼吸をしてから、質問を発した。

「次回の治療も、また2年後でしょうか?」

手術結果に深い満足を得ている玄賽である。また2年後に治療に来るのもやむなしと、いまは受け入れることができていた。

野本の通訳を聞いたドクターの目が、鋭い光を帯びた。

「今回の補聴器は高性能を保つために、電池の消費量が大きくなっています」

次回は半年後、2016(平成28)年1月ですと事務的な口調で答えた。

野本の通訳を待つまでもなく、玄賽はドクターの言い分が理解できた。

細かな内容は分からなかったが、半年後の2016年1月というのは聞き取れた。

「まさか、そんな……」

試聴室で覚えた興奮が、一気に退《ひ》いた。青ざめた玄賽を、鷲《わし》のような鋭い目で見詰めたまま、ドクターはさらに言葉を続けた。

「次回の治療費は70万ドルです」

ドクターは椅子に座ったまま尻を動かした。黒い革張りの椅子がキュキュッと鳴いた。

「ミスター・ノモトの指示に従って、疾病保険の契約を更新してください」

ドクターの鷲の目が、呆然《ぼうぜん》となって言葉を失った玄賽に食らいついてきた。

「保険が適用されなければ、次回の電池交換手術は引き受けられません」

音を喪失《そうしつ》した世界に住みたくなければ、直ちにミスター・ノモトに従うように……。

訳し終えたと判じたドクターは、野本に目配せをした。

「診察は終わりです。出ましょう、米田さん」

みせかけの親切心のつもりなのか、野本は車椅子に乗るようにと玄賽に勧めていた。

8

２０１５年８月２日未明、午前４時半発の便で玄賽はダラスに飛んだ。３時間後、乗り継ぎ便で成田へと向かった。

翌８月３日月曜日午前11時過ぎに、成田に到着。空港で携帯電話の電源を入れた。21件の伝言あり。直近はつい今し方、午前11時15分で、妻の多美子《たみこ》からだった。

「前田社長から、今朝も早くから電話がありました。あなたが帰国しているなら、とにかく前田社長に電話してください」

多美子の声からは、ほとほと困り果てたという思いが強く伝わってきた。

賢治のことだ、今朝早くの電話というのは6時ごろだったに違いない。

他の伝言を聞くのは後回しにして、賢治の携帯に電話した。わずか二度目のコールで賢治は出た。

「いま成田か？」

「そうです」

「すぐ来てくれ」

「そうします」

電報のようなやり取りで、電話は終了した。

手荷物は大型トランク1個と、手回り品を収めた機内持ち込みバッグひとつだ。免税品などは何ひとつない。

玄賽の手荷物が増えて、運びに難儀するのを多美子はなによりも案じた。すでに六十代後半の多美子は、みやげ無用を強く言っていた。

タクシー運転手に行き先を告げたとき、腕時計は午前11時52分を指していた。

「この時間なら京葉《けいよう》道路経由で錦糸町《きんしちょう》に出るほうが、木場には早いと思いますが……」

「道は任せる」

玄賽はシートに寄りかかり、目を閉じた。揺れもない快適なフライトだったが、ダラスから13時間半の直行便は長い。

搭乗中は身体の芯《しん》が常に張り詰めていた。

中型タクシーの堅いシートでも、地べたを走っているクルマなら気持ちが安らいだ。

目を閉じた玄賽は賢治の姿を想像した。

今回はひとことも告げずに旅立っていたのだ。何も知らされていないことに、さぞかし賢治は苛立ちを覚えていることだろう。

閉じた瞼《まぶた》の裏に、賢治の銀髪が浮かんだ。

＊

自分が今日あるのはすべて賢治のおかげだと、玄賽は自覚していた。

類いまれな玄賽の音楽才能を、賢治は初対面で見抜いた。1960年で、玄賽はまだ21歳だった。

「住む部屋を探すぐらいなら、うちに住めばいい。今日からでも移ってきなさい」

賢治は自宅に住まわせて、同時に音楽評論社社員とした。紫頭巾は賢治と玄賽が運命的な出会いをすることも易断していた。

「十歳ほど年下の若者に出会います。あなたが死ぬまで一緒にいる相手です」と。

玄賽の妻多美子は、前田家の女中だった女性である。内弟子《うちでし》同然に玄賽が前田家で寝起きするなかで、互いに惹《ひ》かれ合った。

「カーネギーホールをしっかり取材してくるのが先だ」

渡米を渋るケツを引っ叩《ひぱた》き、賢治はニューヨークに玄賽を送り出した。

渡米した前々年1963（昭和38）年10月に、当時の人気歌手アイ・ジョージが日本人として初めてカーネギーホールでリサイタルを開いた。

それまではよほどのアメリカ通か、もしくは音楽通しか、日本人はカーネギーホールの名を知らなかった。

アイ・ジョージがこの殿堂の名を、日本中に知らしめた。賢治の発案で、『月刊オーディオ』がニューヨーク特集を組むことになった。

海外渡航が自由化されたことで、雑誌取材でニューヨーク訪問が可能になっていた。

「時間とカネをかけて渡米するんだ。しっかり取材してこい」

費用に限りを設けなかった。

とはいえ持ち出せる外貨はひとり500ドル（18万円）に限られた。当時の為替は1ドル360円の固定レートだ。

大学卒の初任給が1万4千円程度だった時代に、玄賽は500ドルを渡された。

「カネが足りなくなったら、取材の切っ先が鈍《にぶ》くなる」

賢治は銀行に手を回し、さらに2千ドルを調達していた。合計すれば90万円だ。１００万円あれば「百万長者」と呼ばれ、一戸建てが購入できた。そんな大金を持たされるのが重荷に思えた。

多美子から離れるのもいやだった。未知の大都会を単独で取材するという責任も、重く両肩にのしかかっていた。

「取材を成功させて、『月刊オーディオ』の名を全国に浸透させろ。おまえならできる」

「分かりました」

肚《はら》を括《くく》った玄賽は滞在20日間をフルに使い、ニューヨーク探訪記を書き上げた。

全国紙のニューヨーク支局長と、昵懇《じっこん》だった賢治である。撮影済みフィルムの現像とプリントの依頼状を、彼宛てにしたためていた。

玄賽は地下鉄とバス利用で、マンハッタンの隅々《すみずみ》にまで足を延ばした。ホールドアップの目に遭《あ》わぬよう、カメラや貴重品は古着屋で購入した米軍放出リュックに詰めて回った。

１９６１（昭和36）年に公開され、いまだ日本各地で上映されている『ウエスト・サイド物語』のロケ地も探訪した。

特集は大評判となり、掲載号の『月刊オーディオ』はたちまち売り切れ。定価の５倍のプレミア価格をつけても入手困難となっていた。

1965年12月、玄賽は多美子と結婚した。夫婦仲はよかったが、惜しくも子宝には恵まれなかった。

賢治は生涯独身だと玄賽に宣言していた。

「おれより先には死ぬなよ。おれの相続人はおまえだと決めている」

賢治は真顔でこれを言った。その都度《つど》、玄賽も真顔で拒んだ。

「わたしも多美子も、そんな重たいものを相続なんかしたくはありません」

財産はすべて、設立済みの財団法人に委《ゆだ》ねるようにと言い続けていた。

深い恩義を感じていたものの、賢治とは距離を保っていたかった。

初めてアルバカーキで手術したとき、距離を保っていようと強く思った。帰国後もグッドマン・クリニックの一件を賢治に教えなかったのも、距離を保っておくためだった。

賢治に知られていない秘密。

それは多美子に対しても同じだった。

今回のアルバカーキ行きも、賢治にはなにひとつ話してはいなかった。航空券も自費で購入した。

しかし帰国便の機内で気が変わった。

次回の手術は70万ドル。しかも電池寿命は半年だと通告された。

これは耳を人質にした脅しである。

野本は保険会社を抱き込めると、仕組みを種明かしした。

「いま加入している保険会社は、ドクターの親友が営業担当役員を務めています」

一年間合計で1千万ドルまで、保険会社は保険金支払いに応ずる密約ができていた。

支払われた保険金の25パーセントが、その役員にキックバックされるのだ。

「日本人の保険契約は米田さんが初めてです。今後とも、日本人の患者を増やしたいとドクターは考えています」

米国人の高額保険契約は目立つから8人までにしろと役員はドクターに指図していた。

日本人の高額疾病契約は未開拓の分野で、保険会社も乗り気だった。

「米田さんが新規の契約者を見付けてくれたら、治療費を安くしてもいいとドクターが提案しています」

音の失せた世界に暮らしたくなければ、本気で顧客を見付けてくださいと、野本は三白眼を玄賽に向けた。

獲物を狙うヘビのような目だった。

＊

すべてを賢治に話し詫びた上で知恵を借りよう。

機内での決意には、いまもブレはなかった。

あれほど強く、賢治に秘密を持っていたいと思い続けてきた玄賽なのに、である。

賢治に正直に話そうと決めたことで、身体の芯から気持ちが軽くなっていた。

早く木場に着いてくれ、渋滞にははまるなと、タクシーの車内で願っていた。

9

賢治の苛立ち、怒りをいかにしていなせばいいのか……

あれこれ思案しながら、玄賽は身構えて部屋に入った。ところが賢治は穏やかな表情で出迎えた。

立ち込めた薫りはパウリスタのモカだと、すぐに分かった。遠い昔の雪の日に、銀座で初めて味わったコーヒーである。

その後も、大事な節目となる場面では、賢治がみずからこのコーヒーを淹れてきた。

互いに座る場所は決まっていた。

パラゴンを真正面に見る右側が玄賽、左が賢治の座るソファーだ。玄賽の到着時刻を予測して、賢治はレコード演奏を始めていた。

アルトゥール・ルービンシュタインが弾《ひ》くショパンの練習曲集である。

１９７０年代にパラゴンの再生音と生のピアノ演奏とを聞き比べする企画があった。著名な音楽評論家も現役のピアニストも、聞き分けることができなかった。

賢治が再生していたレコードは、練習曲集のバイブル的存在とされている名盤だ。コーヒーを運んできた賢治と、受け取った玄賽は、一曲が終わるまで口を開かずに聞き入った。

生演奏を思わせる再生音だった。

12曲ある『作品10』のなかの第5番、「黒鍵《こつけん》のエチュード」が終わったところで賢治がコーヒーをすすり、話を始めた。

「これを聴くたびに、あんたのニューヨーク探訪記を思い出してしまう」

「わたしもまったく同じです」

答えてから玄賽もコーヒーに口をつけた。

「あのカーネギーホールのジョークは、いまでも語り継がれているだろうか？」

「もはや、あれは伝説ですから」

玄賽の返答に賢治は満足げにうなずいた。

*

19世紀末期に生まれたルービンシュタインは、1930年代には「世界最高のショパン弾き」と評価されていた。

カーネギーホールでの演奏会は、何度開催されてもチケットが買えないと聴衆は嘆いた。

演奏会前日は、午後から深夜までプログラム曲の練習を続けた。

世界最高との評価が定まっていたルービンシュタインだが、カーネギーホールで演奏することには格別の思いがあったようだ。

ある演奏会の前日、ルービンシュタインはホールの楽屋口前で若者から声をかけられた。

「おそれいりますが……」

彼はルービンシュタインを知らなかった。

「カーネギーホールに行くには、どの道を行けばいいんでしょうか?」

ルービンシュタインも彼も、ホールの前に立っていたのだ。

ルービンシュタインは若者を真正面から見詰めて、きっぱりとした口調で答えた。

「練習して、練習して、練習を重ねれば行けるだろう」

＊

カーネギーホールに伝わるジョークを、玄賽は『月刊オーディオ』で披露した。

編集部内では受けなかったが、賢治と多美子は感心しながら大笑いした。

コーヒーを飲んでいる間も飲み干したあとも、賢治は声を荒らげることはなかった。

いままで見たこともなかったほどに、柔和《にゅうわ》な目で玄賽を見た。

レコード演奏が終わった。立ち上がった玄賽はオーディオ機器の電源を落としてからソファーに戻った。

話を切り出そうとして相手の目を見た。口を開く前に、先に賢治が話を始めた。

「昨日鈴木《すずき》先生から、余命の宣告をされた」

カーネギーホールの話をしていたときと、変わらぬ口調である。が、賢治が口にしたのは尋常《じんじょう》ならざる内容だ。

玄賽は身体ごと賢治の方に振り向いた。

「長くても6カ月、おそらく新年を迎えるのは無理だろうと言われたよ」

賢治は目つきも声も穏やかだった。

「真夜中まではなんとか持ちこたえたが、1時を過ぎたら我慢がきかなくなったんだ」

多美子さんには悪いことをしたが、午前3時過ぎに電話をかけてしまったと明かした。

玄賽の予想より3時間も早かった。

「寿命はどうしようもないことだと自分を納得させたら、あんたのことしか考えられなくなったんだ」

未明に電話をかけたことを、くれぐれも多美子さんに詫びてくれと、言葉を重ねた。

いきなり多美子を愛《いと》おしく思った。

朝早くの電話だと多美子は言った。

その言葉には、多美子が抱え持っている賢治への恩義の思いが濃く滲《にじ》んでいた。

「いよいよわたしの相続処理を、本腰を入れてしなければならなくなった」

今回ばかりは、きちんとこの件と向き合ってくれ……賢治の目が初めて光を宿した。

無言のまま立ち上がった玄賽は、新しいコーヒーの支度を始めた。賢治から食らった不意打ちに、どう対処すればいいのか。

考えをまとめるために、コーヒーの支度に立ち上がったのだ。

ポットが沸騰するまでの、わずか3分の間、玄賽は深い思案を重ねた。湯が沸騰し、コーヒーを淹れるのにも、たっぷり時間をかけた。

新しいカップに薫り高いモカを抽出できたとき、思案の大筋がまとまっていた。

賢治よりも先にコーヒーに口をつけた玄賽は、ソーサーに戻して口を開いた。

「わたしからも話があります。相続をどうするかの前に、わたしの話を聞いてください」

「分かった、始めてくれ」

賢治は音を立ててモカをすすった。

＊

すべてを聞き終えた賢治は、ふたりのカップを手に持って立ち上がった。今度は賢治が考えをまとめる番なのだろう。

ミルに豆を入れスイッチをオンにした。

甲高《かんだか》い音を立ててふたり分のモカが挽かれ始めた。フィルターに挽いた豆を移すときには、薫りが玄賽の場所にまで漂ってきた。

ドリップ前でもこの豆は薫り高かった。

支度を終えてソファーに戻った賢治は、コーヒーを勧めた。が、口は開かず、ゆっくりと酸味のあるモカを味わい始めた。

玄賽もカップを口にした。賢治のほうがコーヒーの淹れ方には長《た》けていた。ひと口すってソーサーに戻したら、賢治が口を開いた。

「あんたの事情は理解した。大変だっただろうが、耳の調子はいいのか?」

「半年間は絶好調を保つでしょう」

返答にうなずいた賢治の目が、穏やかさを取り戻していた。

「それでこの先、どうするつもりだ？」

問いかけはしたが、先に賢治が思いついた思案を話し始めた。

「わたし個人の現金が、ざっと26億はある。それを使えば保険がどうのこうのと案ずることなく、治療が受けられるだろう」

会社の運営は、賢治と玄賽の眼鏡に適《かな》った社員に託せばいい。いまのまま会社を続けられるだけの内部留保はある。

２０２０年の東京五輪に向けて、会社の不動産評価も上がっている。

「わたし個人の現金資産は、全額あんたが使ってくれれば嬉《うれ》しい」

言い終えた賢治はコーヒーをすすった。

肚を括った顔でひと口つけたあと、玄賽は賢治を見詰めた。相手を思う、慈愛に満ちた光が宿されていた。

「ありがたい言葉をいただきました。深く深く御礼申し上げます」

座ったまま、玄賽は身体を二つに折った。

「分かってもらえて嬉しい」

賢治の手がカップに伸びた。が、玄賽の言葉がその手を止めさせた。

「わたしはもう二度と、グッドマン・クリニックに行く気はありませんし、相手の思惑にはまる気もありません」

　手を元に戻した賢治の目が光った。

「ならば米田、どうする気だ」

　叱責するような口調になっていた。

「音が消えるとき、わたしは自分の手で人生を閉じます」

　玄賽は上体を伸ばして話を続けた。

「あなたと出会えたことで、わたしはだれも味わうことのできないような、充実した人生を送ってこられました」

　社長の寿命が長くて半年と知ったことで、自分も覚悟ができた。

「あとに残る社員たちが苦労しなくて済むように、今日から全力で準備を進めます」

　長くて6カ月という賢治の余命は見込みだが、電池寿命が半年というのは確定である。

「もしも社長の寿命が早く尽きたら、わたしが葬儀のすべてを仕切ります」

　音が失せるその瞬間を、賢治と多美子とともに迎えたい。

「多美子が残る余生を安心して暮らせるように、特段の配慮をお願いします」

　玄賽は静かな口調で話を閉じた。

聞き終えた賢治は立ち上がり、一通の封書を手にして戻ってきた。長い時間を経た封書であるのは、変色した色が告げていた。

「あんたに何度も話してきた紫頭巾だが、今回ばかりは彼女は神の化身《けしん》に思えた」

封書から取り出した便箋《びんせん》もまた、すっかり色変わりしていた。

「わたしが生き死ににかかわる事態に直面したとき、これを読むようにと彼女は言い残していたんだ」

未明の午前3時に多美子に電話したあとで、紫頭巾の封書を開封した。

「あなたがこの封書を読むとき、きっと10歳年下の男性はそばにいます。彼もまた、あなた同様に生き死にと向き合っています。寿命には逆らえませんが、内なる響きがふたりの進む道を指し示してくれます。もう遠からず、あなた方と再会できますね」

読み終えた玄賽は、深呼吸を繰り返した。

賢治の顔には生気がみなぎっていた。

「残された時間に限りはあるが、今日の明日のというわけじゃない」

話し始めた賢治は、いつも通りのオーナー口調に戻っていた。

「紫頭巾はそう書いていたが」

賢治は便箋に目を落とした。10歳年下の男性もまた……の件《くだ》りに言い及んでいた。

「あんたから聞かされるまでは、いかに紫頭巾とはいえこれは違うと思っていた……いや、これだけは外れてくれと願っていたんだ」

賢治がどれほど自分を大事に思っていてくれたのか、いまの口調から玄賽は確信を得た。

「もう一度だけ、確かめさせてくれ」

背を起こした賢治は玄賽の目を見詰めた。

「グッドマン・クリニックとは、本当に縁切りでいいのか?」

「無論です」

玄賽は低い声で即座に答えた。

うなずいた賢治は目を閉じた。

目を開いて再び話を始めるまでには5分を要した。

「多美子さんのことは心配無用だ。今日のうちに弁護士に手続きをさせる」

彼女が生きている限り、毎年2千万円の年金を支払うと、玄賽に約束した。

「もしも半年以上わたしの余命が伸びたとしても、あんたの電池が切れた日にわたしも旅立つことにする」

電池切れはいつなのか分かっているなと、玄賽に確かめた。

「２０１６年1月29日です」

玄賽の答えを聞いた賢治は、目の光を消してうなずいた。

「わたしがその日まで生き長らえていたら、1月28日にはこの部屋であれを聴こう」

シューベルトのアルペジオーネ・ソナタである。音量を上げて、パラゴンの正面に座る。

目を閉じれば生演奏を聴くが如くである。

「ロストロポービッチの息遣いを、しっかり感じさせてもらおう」

「いい案です」

玄賽が示した深い同意に、賢治は束《つか》の間《ま》目元を緩めた。が、すぐに真顔に戻った。

「わたしは痛みには、すこぶる弱い。病状が進んでも痛みを感じないように、モルヒネを調剤してもらうことになっている」

音が失せたときのあんたに役立つ薬も、主治医に調剤してもらおうと、請け合った。

「よろしくお願いします」

礼を言った玄賽は、携帯電話を取り出した。

「さっそく野本に電話します」

付き合いはここまでだと通告する電話だ。

「わたしはまず、弁護士からだ」

賢治も携帯電話を手に持った。

パウリスタのモカはすっかり冷めていたが、まだ豊かな薫りを漂わせていた。

解説——これぞ世代を超えた本物のエンターテインメント小説！

文芸評論家　末國善己《すえくによしみ》

山本一力《やまもといちりき》といえば、直木《なおき》賞を受賞した『あかね空《ぞら》』（二〇〇一年）、ミステリ色の強い『大川《おおかわ》わたり』（二〇〇一年／祥伝社文庫）など江戸の下町を舞台にした人情時代小説や、生まれ故郷の高知《こうち》県（旧土佐《とさ》藩）出身の英雄の生涯を描く『ジョン・マン』（二〇一〇年〜）、『龍馬《りょうま》奔《はし》る』（二〇一一年〜）といった歴史小説を思い浮かべるかもしれない。

ただ著者には、自伝的な要素が強い『ワシントンハイツの旋風《かぜ》』（二〇〇三年）のような現代小説もあり、最近は、東京下町で牛乳販売店を営む一家を活写した『ずんずん！』（二〇一六年）、ニューヨークを舞台にした『サンライズ・サンセット』（二〇一七年）と、その数も増えている。この流れを作ったのが、著者初の現代ミステリとなる本書『晩秋《ばんしゅう》の陰画《ネガフィルム》』である。収録の四作には、人情、サプライズ、深いテーマなど読書の楽しさが詰め込まれており、一力作品の中でも特にお勧めだ。

夏目漱石《なつめそうせき》に「趣味《しゅみ》の遺伝《いでん》」（一九〇六年）という短編がある。新橋《しんばし》駅で日露《にちろ》戦争の凱旋《がいせん》兵士を迎える群衆を見た「余」は、旅順《りょじゅん》で戦死した親友の浩一《こういち》を思い出す。浩一の母を慰《なぐさ》めに行こうと思った「余」だが、以前、浩一の日記を読んで欲しいと頼まれたことがあり、親友が残したものでも日記は読みたくないので訪問を諦《あきら》めた。それでも浩一が気にかかる「余」は、翌日、駒込《こまごめ》の寂光院《じゃっこういん》へ墓参に向かう。そこで「余」は、浩一の墓に手を合わせている美しい女性を目にした。高等学校から付き合いのある「余」は、親戚を含め浩一の交友関係を把握しているつもりだったが、親しい女性の存在は聞いていなかった。女性の正体を知りたい「余」は、禁じていた浩一の日記に目を通し、意外な事実を知ることになる。表題作の「晩秋の陰画」は、この「趣味の遺伝」を思わせる作品である。

俊介《しゅんすけ》は、定年まで電機メーカーに勤務した父とは対照的に、グラフィック・デザインの世界で大御所になった叔父《おじ》の高倉尚平《たかくらしょうへい》に憧《あこが》れ弟子《でし》になった。俊介が三十二歳の時、父が亡くなり、五十七歳の尚平も引退を宣言する。車で全国縦断ドライブを行い、バイクの大型免許を取るなど悠々自適の生活を送っていた尚平は、バイクの走行中に事故死した。現場にブレーキ痕《こん》がなかったことから、警察は自殺の可能性も考えていた。葬儀などを終えようやく落ち着いた俊介は、見知らぬ女性が送ってきた尚平の日記帳を受け取る。事故死した日まで書き継がれた日記には、尚平が友人「K」の恋人「M」と恋愛関係にあったことが匂わされていた。

ミステリには、壺《つぼ》にも、向き合った二人の顔にも見えるだまし絵のルビンの壺のように、物語の意味がラストで覆《くつがえ》る〝構図の反転〟、実行犯は自分の意思で犯罪を行ったと思っているが、裏で糸を引く黒幕に操縦されていたことが分かる〝あやつり〟というトリックがある。「晩秋の陰画」はこの二つを組み合わせて驚愕《きょうがく》のラストを作っているが、トリックよりも、日記を残した尚平、日記に書かれたことは事実なのか、日記を送ってきた女性は誰で何の目的があるのかなどを調べる俊介、そして尚平が自殺した原因だったかもしれない「K」の想いを掘り下げる人間心理の複雑さに焦点を当てている。それだけに、厳しくも温かさを残すラストは著者の時代小説に通じるものがあり、作中で様々な選択をする登場人物たちに触れると、どのような人生を送るのが幸福なのかを考えることになる。

江戸川乱歩《えどがわらんぽ》は評論「英米短篇ベスト集と『奇妙《きみょう》な味《あじ》』」（一九五一年）で、ユーモアの裏に「残酷味が漂《ただよ》って」いたり、「『無作為』の意外性というものを目ざした」りする短篇を「奇妙な味」と名付けた。乱歩の曖昧《あいまい》な定義は整理され、現在では、ラストに不気味さや割り切れなさを残す、ミステリとも、SFとも、ホラーともつかない作品が「奇妙な味」とされている。一九七〇年代後半に旅行会社の添乗員として客を海外に案内していた著者の経験が活《い》かされている「秒読《びょうよ》み」は、「奇妙な味」としかいえない不思議な作品である。『ワシントンハイツの旋風』にも、旅行会社に勤務した時代のエピソードがあるので、「秒読み」と読み比べてみるのも一興だ。

物語は、海産物専門商社を経営する小海孝夫《こうみたかお》の葬儀に出た「わたし」が、香港《ホンコン》へ行くため成田《なりた》空港に向かう場面から始まる。実は「わたし」は、小海の死を正確に予知していた。ここから物語は、約四十年前に遡《さかのぼ》る。日本人の海外旅行が自由化された直後の一九六六年。「わたし」は旅行会社の添乗員をしていたが、飛行機が怖く入社十一年目に会社を辞《や》め、バイクショップを始めた。ある年、メーカーの招待で香港に旅行することになった「わたし」は、気流の乱れで揺れる飛行機の中で緒形西周《おがたせいしゅう》と出会った。緒形が怖がる「わたし」の手をつかむと、恐怖心が消え去った。緒形は、香港で打った鍼《はり》で恐怖を取り去る力を得たという。

「わたし」が緒形に誘われ訪れた鍼灸《しんきゅう》治療院の不気味さ、鍼を打たれたことによる副作用に見舞《みま》われるなど、「秒読み」は全体が夢幻的な雰囲気に包まれている。「わたし」が特殊な力を得たことで戸惑うように、どこに着地するのか分からないまま物語の中を彷徨《さまよ》う読者も、圧倒的なスリルを感じることができる。

誰もが一度は、特別な人になりたいという夢を抱いたことがあるだろう。その願望をダークな物語に仕上げ、研鑽《けんさん》を積むことなくお手軽に特別な能力を得ることに意味があるのかを問い掛けた「秒読み」のテーマは、重く心に響いてくる。

著者はエッセイ集『くじら日和《びより》』（二〇〇八年）所収の「また、冒険者《ぼうけんしゃ》たち」で、夢破れたマヌー（アラン・ドロン）、ローラン（リノ・バンチュラ）、レティシア（ジョアンナ・シムカス）が、宝探しの旅に出るフランス映画『冒険者たち』が、「邦画・洋画を問わず、いままで観《み》た映画」の中で「ベスト・ワン」と語っている。「劇場で観た回数だけでも二十回は下ら」ず、ビデオ化された時には「ベータマックスのビデオ機器本体と、一本一万五千円超のソフト」を買い、テレビ出演の時に、一度は行きたい場所を聞かれ、『冒険者たち』に出てくる「フランスのどこかにある要塞《ようさい》の島」と答えたなど、著者の『冒険者たち』への想いは熱い。「冒険者たち」は、著者の同名映画への愛に満ちている。

一九六七年、食品輸入会社で働く二十六歳の利野《としの》慎太郎《しんたろう》は、妻の洋子《ようこ》と『冒険者たち』を観に行くつもりだったが、妊娠中の洋子が体調を崩したため一人で映画館に行った。映画に感動した慎太郎は、息子が生まれたらリノ・バンチュラにちなんで伴忠《ばんちゅう》と名付けること、二十年後に独立して食品輸入会社を興《おこ》すことを決める。この宣言通り、生まれてきた息子は伴忠と命名され、十歳の時、父とリバイバル上映された『冒険者たち』を観て、やはり物語に深い感銘を受ける。

独立して「マヌー商会」を立ち上げた慎太郎、中学生の頃からフランス語を独学で学び、大学の時には武者修行のためフランスに旅立った伴忠は、それぞれに人生の指針にした『冒険者たち』と同じように、新たな一歩を踏み出す。この展開は、日常生活の中にも冒険の要素はある事実に気付かせてくれるはずだ。

「冒険者たち」は、慎太郎が新たな輸入商品を見つけ会社を大きくしていくビジネス小説、伴忠がフランスで恋に仕事にと忙しく動きまわる恋愛小説・青春小説、利野家の夫婦愛、親子愛も活写されていくだけに、江戸の商売人を主人公にした著者の時代小説『だいこん』（二〇〇五年）『銭売《ぜにう》り賽蔵《さいぞう》』（二〇〇五年）などに近いテイストがある。

好きな映画や小説に没入したり、家族や友人との絆《きずな》を深めたり、得意な学問やスポーツなどに打ち込んだりするのはダサく、人間関係も趣味も適度な距離を置きつつスマートに接するのがカッコいいという風潮が広がっているように思える。これに著者は真っ向から異議を唱えており、「冒険者たち」を読むと、何かに熱くなること、人と人とが正面からぶつかることは、素晴らしいし、カッコいいのだということを実感させてくれる。

音楽雑誌の経営者とオーディオ評論家を軸にした「内《うち》なる響《ひび》き」も、占い師の予言や耳の不調を治療する謎めいた病院が重要な役割を果たす「奇妙な味」系の作品で、地価が上昇したバブルの狂乱、アナログからデジタルにシフトしたオーディオの変遷など、現代史の中に虚構が織り込まれており、オーディオ・マニアやバブルの全盛期を知っている読者は、特に楽しめるのではないか。

戦前は銀座《ぎんざ》に広大な土地を持ち、芸人のタニマチをしていた父を持つ前田賢治《まえだけんじ》は、一九五八年、自分の敷地内にビルを建て「音楽評論社」を設立、映画と舞台、音楽、オーディオなどの専門誌を送り出しヒットさせた。一九六〇年、二十一歳の玄賽《げんさい》が、賢治を訪ねてくる。ライターになった玄賽は、やがて日本を代表するオーディオ評論家になるが、還暦《かんれき》を過ぎた頃から最も大事な商売道具である耳に変調を覚える。オーディオ見本市に出席するためアメリカに渡った玄賽は、コーディネーターの野本《のもと》に、セレブ専門の耳鼻科を紹介される。高額な治療費と引き換えに耳を治した玄賽だったが、効果には限りがあり、再び耳が悪くなる。同じ病院を訪れた玄賽は、さらに高額な治療費が必要で、再発する時期も短くなると告げられる。

人手不足が続く現代の日本は引退が難しくなりつつあるだけに、仕事を続けるため、高額な費用をかけても耳を治療すべきかで葛藤《かっとう》する玄賽を描いた「内なる響き」は、理想の引き際とは何か、老いた後は仕事と私生活のバランスをどのようにすべきかなど、アクチュアルな問題に切り込んでおり生々しい。

長引く不況は消費欲を奪ったとされ、自動車がなくても不自由せず、音楽は定額配信を携帯型デジタルプレーヤーで聴《き》くことで満足する若い世代が増えているという。だが今の四十代、五十代は、大人になったら車やバイクを買って旅に出かけ、ラジカセでエアチェックをするのではなく、レコードを買い、高いアンプとスピーカーで好きなだけ音楽を聴きたいという願望を持っていた。バイクでツーリングをし、海外旅行へ行き、高級スピーカーで音楽を聴く本書の主人公たちは、かつての若者が抱いた夢を実現させた大人として描かれている。

ただ彼らが大人なのは、消費願望を充足させたというスノッブな理由ではない。仕事のトラブルや衰《おとろ》えゆく肉体に不安を感じながらも、それを大人が背負うべき責務と考え、前向きに人生を切り開こうとあがいているからなのだ。大人だから巻き込まれる事件を、大人の知恵で克服する本書の収録作は、大人のためのエンターテインメント小説といって過言ではない。といっても若い世代も敷居が高くはなく、『冒険者たち』に感動した伴忠のように、理想とすべき大人に触れることができるので貴重な読書体験になるだろう（そのため、若い読者は五年後、十年後に読み返すと新たな発見があるはずだ）。大人の余裕が詰め込まれた短編集だけに、一日に一作を読むくらいのつもりで、ゆっくり玩味《がんみ》熟読して欲しい。

（この作品『晩秋の陰画』は、平成二十八年六月、小社から四六判で刊行されたものに、著者が加筆・修正したものです）

一〇〇字書評

切・り・取・り・線

購買動機（新聞、雑誌名を記入するか、あるいは○をつけてください）	
□（　　　　　　　　　　　　　）の広告を見て	
□（　　　　　　　　　　　　　）の書評を見て	
□ 知人のすすめで	□ タイトルに惹かれて
□ カバーが良かったから	□ 内容が面白そうだから
□ 好きな作家だから	□ 好きな分野の本だから

・最近、最も感銘を受けた作品名をお書き下さい

・あなたのお好きな作家名をお書き下さい

・その他、ご要望がありましたらお書き下さい

住所	〒				
氏名		職業		年齢	
Eメール	※携帯には配信できません	新刊情報等のメール配信を 希望する・しない			

この本の感想を、編集部までお寄せいただけたらありがたく存じます。今後の企画の参考にさせていただきます。Eメールでも結構です。

いただいた「一〇〇字書評」は、新聞・雑誌等に紹介させていただくことがあります。その場合はお礼として特製図書カードを差し上げます。

前ページの原稿用紙に書評をお書きの上、切り取り、左記までお送り下さい。宛先の住所は不要です。

なお、ご記入いただいたお名前、ご住所等は、書評紹介の事前了解、謝礼のお届けのためだけに利用し、そのほかの目的のために利用することはありません。

〒一〇一－八七〇一
祥伝社文庫編集長　坂口芳和
電話　〇三（三二六五）二〇八〇

祥伝社ホームページの「ブックレビュー」からも、書き込めます。

www.shodensha.co.jp/bookreview

祥伝社文庫

晩秋《ばんしゅう》の陰画《ネガフイルム》

令和 元 年 9 月 20 日　初版第 1 刷発行

著　者　山本一力《やまもといちりき》
発行者　辻　浩明
発行所　祥伝社《しょうでんしゃ》
東京都千代田区神田神保町 3-3
〒 101-8701
電話　03（3265）2081（販売部）
電話　03（3265）2080（編集部）
電話　03（3265）3622（業務部）
http://www.shodensha.co.jp/

印刷所　萩原印刷
製本所　積信堂
カバーフォーマットデザイン　芥 陽子

 ISBN978-4-396-34566-2 C0193